Toda la vida

Toda la vida

HÉCTOR AGUILAR CAMÍN

LITERATURA RANDOM HOUSE

Primera edición: noviembre de 2016

Printed in Spain – Impreso en España

ISBN: 978-84-397-3227-3
Depósito legal: B-15.273-2016

Impreso en BookPrint Digital, S. A.

RH32273

Penguin
Random House
Grupo Editorial

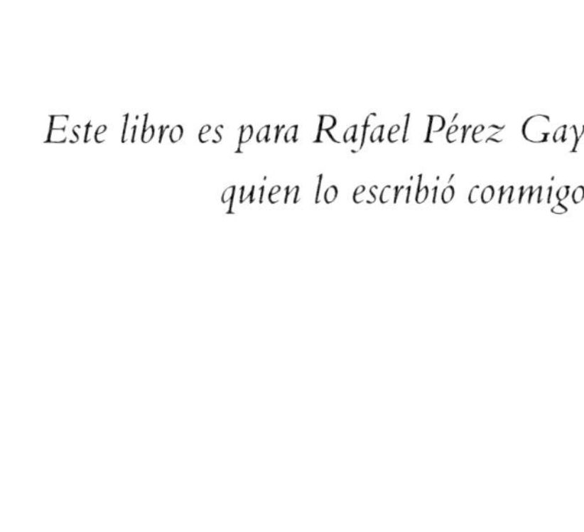

Este libro es para Rafael Pérez Gay
quien lo escribió conmigo

Como un globo perdido
me despido
yo me despido de ti.

Lucio Dalla,
Tutta la vita

No sé por qué voy al velorio del difunto Olivares. No es mi amigo ni conozco a su familia. *Felo* Fernández me da la noticia de que lo van a velar mañana. Me dice: "Igual nos vemos ahí". Tengo debilidad por *Felo* Fernández. Llevo años de no verlo, pero no dejo de saber cosas inverosímiles de él. Por ejemplo, que masca vidrio cuando se emborracha. También, que ha montado un elefante. Mejor: ha contratado un elefante para que lo monte un candidato en campaña al entrar a un pueblo. El candidato quiere decirle al pueblo que los tiempos han cambiado y que él representa los nuevos tiempos. *Felo* discurre que haga una novísima entrada al pueblo montando el elefante de un circo que acampa en las afueras. Su ocurrencia tiene un éxito inusitado, pero *Felo* es obligado a montar el elefante antes que el candidato, a la manera de los catadores que comen los alimentos antes que sus señores.

En el velorio están todos los amigos de Olivares.

No sé si amistad es la palabra que describe lo que une a esos amigos. Son todos condiscípulos, más tarde cómplices, de la escuela de ciencias políticas de la vieja universidad nacional. Cierro los ojos y veo la escuelita de entonces, con su pequeño prado y su cafetería llena de muchachas, de las que Olivares fue siempre diligente cicerone, primero como alumno, luego como maestro, al final como director.

Al velorio de Olivares viene lo mejor de su generación: un ex rector, una ex guerrillera, un ex jefe de policía. Y el *Pato* Vértiz, ex de sí mismo. El difunto Olivares ha sido discípulo del *Pato* Vértiz, luego su secretario, más tarde su protector, cuando el *Pato* empieza a despeñarse hacia la vejez que porta ahora: los dientes sucios, la nariz hundida, la impúdica comba ventral.

Lo veo en el fondo de la sala al llegar. Me ve también. Arriesga un saludo sobre el mar de calvas y canas que llenan el recinto, con riesgo de que lo ignore pero a sabiendas de que nos une una historia que no puedo desdeñar. La historia salta dentro de mí como una punzada.

Es ésta: estoy perdido de borracho en un sillón de la casa de Liliana Montoya, borracha también. Tengo veinticuatro años; ella, veintidós. Liliana me dice que su hermana menor ha sido corrompida por un tipo al que ella, Liliana, ha mandado matar; se lo ha pedido al amante que tiene desde hace unos meses, un fulano mayor, doctor en ciencias penales, llamado Roberto Gómez Vértiz, mejor conocido como el *Pato* Vértiz, el mismo que me saluda ahora desde el fondo del velorio.

Liliana me cuenta su crimen en la madrugada de una fiesta familiar. Vive todavía en la casa de su madre, antes de mudarse con el *Pato*. Está borracha al punto de que un acceso de vómito la obliga a correr al baño. Luego se queda dormida en mis piernas. La brutalidad de la historia me parece entonces una extensión del alcohol, pero la consigno en un cuaderno al día siguiente. Durante años no sé si lo que me cuenta Liliana en el sillón de su casa es verdad o mentira, si lo invento en mi borrachera o Liliana en la suya. Tiendo a creer que la historia es verdad y Liliana capaz de llenarla. Siempre sé que la escena contiene una novela.

Es tiempo de decir que soy un escritor, que no hay inocencia en mis frases ni en mi camino narrativo. Voy a la vez al sesgo y al grano; no basta leer lo que escribo, hay que sospechar.

El *Pato* Vértiz es jefe de la red de maestros que cargan el estigma de ser gobiernistas en la universidad posterior al 68. Son los peones del régimen que la universidad desprecia.

Le dicen el *Pato* Vértiz porque camina como pato y tiene boca de pato, pero es casi lo único de pato que tiene. Lo demás es de lagartija y de cocodrilo. A los cuarenta y dos años en que conquista a Liliana, muestra ya la piel seca y la calva sucia que tendrá a los sesenta. Es moreno, tiene los labios prietos y los incisivos superiores salidos, como iniciando el pico de un pato. Fuma cigarrillos con aroma de vainilla, de papel negro con filtro dorado. Reina sobre la facultad de derecho como un dios invisible. Es maestro de ciencias penales pero en realidad es el dueño de la facultad, la eminencia gris de las algaradas estudiantiles, el protector de pandillas, el alquimista de las elecciones de las sociedades de alumnos. Sabe la vida y milagros de los jóvenes prometedores y alguna miseria de cada uno, o de sus padres. Adivina al adulto sin escrúpulos en el joven disoluto, y las llamas paralelas de la ambición y la venalidad en la desfachatez con que las estudiantes de nuevo ingreso portan o no su minifalda. Podría ser un novelista omnisciente si no fuera de corazón un corruptor, un manipulador y un policía. Huele a Liliana Montoya desde el primer contacto, al primer atisbo de sus piernas altas, su mirada alerta, su risa ordinaria, capaz de encender cualquier oído.

Liliana es la hermana menor de mi amigo Rubén Montoya. La madre viuda de ambos ha tenido catorce hijos, seis hombres y ocho mujeres. Le faltan dos dientes del frente de la boca. Sus labios se pliegan con fruición al comer en busca de los dientes que le faltan. He utilizado su mirada morena y lo que entiendo de su corazón en un relato sobre una madre que busca a su hijo en los separos de la policía y, al saber que lo han matado, adopta al detenido de turno como hijo sustituto. Eso hace conmigo la mamá de Rubén. El día que me conoce me vuelve sustituto de Ricardo, su hijo muerto, mellizo de Liliana. Ricardo muere en la volcadura de un camión de peregrinos que va al santuario de la virgen de Chalma. Nada tiene que hacer Ricardo en ese camión pues no es peregrino ni va a Chalma. Él viene de Morelia a la ciudad de México, pero en la estación de autobuses de Morelia tiene un pálpito y se trepa al camión que va a Chalma para mezclarse con los peregrinos y conocer el santuario. Conoce la muerte.

A la casa de Liliana entro de la mano de Rubén, el hermano de Liliana, con quien voy a la universidad. El mismo día que cruzo la puerta de la casa de techos altos y cuartos viejos de los Montoya, en la colonia San Rafael, cerca del ferrocarril de Buenavista, la mamá de Liliana me dice: "Eres como mi Ricardo". Me persigna tres veces: una en la frente, otra en la boca, otra en el pecho. Me mira luego a los ojos como si buscara en ellos un secreto sólo accesible para ella. Mientras la madre de Rubén me bendice, yo miro al fondo del comedor. Hay un cubo de luz que filtra en un solo resplandor la primavera naciente de la ciudad. En medio del charco de luz hay una muchacha descalza. La luz dibuja su cuerpo tras el vestido. Los arcos de los pies son altos, las piernas largas, las caderas llenas, la cintura breve, el talle de niña, los hombros rectos, los brazos largos y llenos, como las piernas. Dentro del charco de luz brillan sus ojos de muchacha. La divierte la escena de su madre besándome. Tiene dientes blancos y pómulos de gato. Su pelo bajo la luz es oscuro, casi azul. Mientras su madre me besa, ella me mira. Sabe todo de mí. Sabe ya todo de mí.

En prueba de su adopción, la madre de los Montoya me da una llave de la casa. Liliana y yo pagamos su confianza con un incesto. Una tarde llego a la casa, de enorme cocina y largos corredores, y encuentro a Liliana lavando sus calzones en el fregadero. Es un jueves de Semana Santa. Su madre se ha ido a Morelia con el resto de la familia. Liliana se ha negado a ir y está sola en la casa. Dice:

—No tengo mudas. Mira.

Se alza la falda para que vea. Sus muslos y su vientre son morenos, el pelo de su pubis negro, casi azul. No olvidaré ese cuerpo y ese pelo. Ni ellos a mí. Entiendan esto desde ahora: no olvidaré ese momento. Liliana se abre para mí sentada sobre el fregadero. Diosa de la humedad. Huele a leña recién cortada, y al detergente con que lava sus calzones, y a un perfume dulzón de cabaret. Ríe como una lora mientras estoy en ella. Dice que va a acusarme con su mamá, que va a contarle las cosas que le estoy haciendo. Su dicho de aquella tarde se queda entre nosotros como una contraseña: "Te voy a acusar con mi mamá". En adelante dirá esa frase como una guía de acción. Si la dice cuando estamos solos quiere decir que puedo alzarle la falda y entrar en ella sin preparación, pues ya está preparada. Si la dice frente a sus hermanos o su mamá, al final de la comida, o al despedirse por la noche para irse a dormir, quiere decir que debo fingir que voy al baño, donde ella estará ya con la falda arriba, sentada en el lavabo o recargada en la pared.

Todo eso viene a mí cuando el saludo del *Pato* Vértiz prueba mi memoria en el velorio del difunto Olivares. No me acerco a saludarlo; procuro que el azar de las conversaciones me impida llegar al fondo del velatorio. Pero el *Pato* se mueve con astucia por el recinto atestado, y oigo su voz cascada a mis espaldas:

—Maestro, ¿cómo estás?

Al voltear, veo que me tiende la mano, grande y temblorosa.

Repite:

—¿Cómo estás?

Respondo que bien. Y él, ¿cómo está?

—Leyéndote, maestro. Aprendiendo. Quién iba a decir que serías nuestro autor.

Silba al hablar, por asma o enfisema. Tiene un párpado más caído que el otro. El ojo a medio cubrir tiene una fijeza de muerte. Sus pestañas son largas y rizadas, la única lozanía que hay en su rostro. Dice:

—Tenemos que hablar. Nos tienes muy abandonados.

No sé de qué nosotros habla, porque no lo frecuento. Ni a él ni a nadie cuya cercanía lo incluya. Pienso que su plural prepara lo que luego describirá como un "reencuentro".

Felo Fernández acude a mi rescate abriéndose paso entre los deudos. Dice:

—Te quiere saludar nuestro amigo el rector.

—Ex rector —precisa el *Pato* Vértiz, a mi lado.

Hay gracia y rapidez en su malicia. *Felo* responde, con humor invicto:

—Si nuestros ahorros bancarios están vigentes, líder, el puesto que los explica debe estarlo también.

La carcajada del *Pato* rompe el cuchicheo luctuoso de la sala. Su risa tiene un vigor que desmiente sus años, como si la vejez fuese sólo un disfraz del fondo alegre y predatorio de su alma.

Vuelvo del velorio de Olivares a buscar en mis papeles todo lo que pueda encontrar de Liliana Montoya. Encuentro en cuadernos viejos más huellas de mis tratos con ella de los que hay en mi recuerdo.

Mi frecuentación incestuosa de Liliana Montoya empieza el jueves de abril de 1972 que he referido, en el lavadero de su casa. Poco antes de aquella escena, en febrero, Liliana ha cumplido dieciocho años, yo veinte en enero. Dos años después, en 1974, Liliana entra a la escuela de ciencias políticas. Yo curso entonces el tercero en filosofía y letras. Liliana va en segundo de ciencias políticas cuando empieza a andar con el *Pato* Vértiz, en 1976. El *Pato* es veinte años mayor que ella. La lleva a cenar con velas a un lugar famosamente cursi de la ciudad donde tocan violines. Hasta entonces Liliana anda sólo conmigo y con otros de su edad. Su promiscuidad me afrenta, pero su atracción es más poderosa que mis celos. Me dice todo el tiempo que la saque de su casa, que la lleve a vivir conmigo, pero no tengo dinero ni adónde llevarla. Además, quiero ser escritor, y Liliana no me parece la esposa adecuada para un escritor. Tiene una voz ronca, rasposa. Quien la oye cantar no la olvida. Se ríe sonora y vulgarmente de todo, especialmente de mí. La gente la mira de soslayo cuando estalla en carcajadas, por ejemplo en el metro: tan linda y con esa risa.

Evoco ahora a la hermana menor de Liliana. Se llama Dorotea. En mi primer recuerdo es una niña que viste el uniforme color violeta de la escuela, con tobilleras blancas de resorte vencido. A su cuerpo de niña se asoman las líneas de una mujer, pero esa mujer no aparece todavía. Es alta y delgada, de un color nuez particularmente fino, como dibujado por algún pintor de rostros morenos, digamos Romero de Torres. Su expresión es atenta y risueña, pero en el fondo está aburrida. Hay en su mirada un sello irónico, la anticipación de un juicio. Me cuesta imaginar a esa niña en manos de alguien que la profana.

La noche en que Dorotea viene a ver a Liliana con las venas de la muñeca a medio cortar, diciendo que la han profanado, Dorotea tiene dieciocho años, la misma edad en que yo tengo a Liliana por primera vez. El novio de Dorotea tiene veinte años más que ella, lo mismo que el *Pato* cuando empieza a salir con Liliana. Liliana oye con atención las vejaciones que Dorotea recibe de su novio, un hondureño al que las dos se referirán en adelante como el *Catracho,* por su apodo nacional. Al *Catracho* le gusta que a Dorotea le duelan las cosas, dice Dorotea. La hace tomar pastillas y aspirar sustancias que la enervan. Le pide que se pintarrajee para él, que se haga la vieja o la niña, o la monja, o la Virgen, para él. Dorotea llora mientras cuenta esto. Liliana piensa que el *Catracho* ni siquiera es mexicano. No sabe por qué, pero la extranjería del *Catracho* la afrenta doblemente. Decide pedirle al *Pato* Vértiz que mande matar al *Catracho.* Se lo pide al día siguiente. El *Pato* se ríe del pedido de Liliana; le parece una locura. Ofrece darle una paliza al *Catracho,* incluso deportarlo. Liliana lo mira como si el *Pato* no hubiera entendido lo que le pide. Repite lo que quiere. El *Pato* pasa de la incredulidad al apuro. No sabe qué decir. Corren los días. Liliana vuelve a la carga: ¿cuándo caerá el *Catracho*?

El *Pato* responde vaguedades. Liliana anuncia una huelga: no dormirá con el *Pato* mientras no caiga el *Catracho*. La huelga de Liliana dura mes y medio. El *Pato* descubre que la abstinencia de Liliana no es algo que pueda manejar. Gravita fatalmente hacia Liliana, igual que yo, aunque de forma más inesperada que yo, pues el *Pato* se siente dueño de su destino y del de los demás, y yo me siento sólo lo que soy, cosa de la que no he tenido nunca una opinión muy alta.

Un día el *Pato* le ordena a Liliana que regrese. Otro día le ruega. Una noche reconoce que está desesperado por ella. Se ha vuelto adicto a Liliana, como yo. Una tarde el *Pato* levanta a Liliana de la merienda familiar en su casa de la colonia San Rafael y le dice por teléfono:

—Misión cumplida.

Le lleva luego unas fotos. Las fotos muestran a un hombre con un tiro en la cabeza. Tiene un ojo a medio abrir, la nuca flota en un charco de sangre. Dorotea ve las fotos y se echa a llorar. Es el *Catracho*.

Esto me lo cuenta Liliana, como he dicho, al final de una tumultuosa borrachera. De la borrachera me despiertan la cruda y el miedo. Miedo de lo que he oído y miedo de la mujer que me lo ha contado. Salgo huyendo de Liliana, decido no verla más. Ignoro todavía que no soy yo quien decide esas cosas.

No la veo ni respondo a sus llamadas durante las fiestas de diciembre de aquel año. He salido ya de la universidad, y no tengo que toparme con ella. Pero Liliana se aparece en mi fiesta de cumpleaños del 14 de enero siguiente. La fiesta termina en una parranda de época. Amanezco en un hotel de mala muerte con Liliana a mi lado. No recuerdo el día anterior, pero sí el previo.

Recuerdo sobre todo que Liliana me cuenta por segunda vez el asesinato del *Catracho*. Añade a su versión un detalle siniestro: ella y Dorotea van a ver el cadáver. Dorotea lo tienta con el pie para verificar que ha muerto.

Desaparezco, espantado otra vez, de la vista de Liliana. Ella me busca pero yo me niego. Finalmente le mando una carta pidiéndole una tregua: ¿podemos no vernos unos meses? Quiero aclarar mi cabeza, voy a hacer un viaje, debo escribir un libro. Liliana contesta: "No es la guerra, cabrón".

Pero sí es, ha empezado a ser.

El día que Liliana se va por primera vez de vacaciones con el *Pato* Vértiz, me llama por teléfono. Dice:

—Si me invitas tú, me voy contigo.

No tengo dinero para invitarla, ni la quiero invitar. Me da vértigo pensar el lugar adonde puede llevarme, y saber que quiero ir. Es mi historia con ella.

El día que Liliana sale de la universidad, el *Pato* le regala un departamento para que se vaya a vivir con él. Liliana acepta. Antes de irse, me manda un sobre con un mensaje advirtiéndome lo que hará. Escribe al final: "Si me lo pides tú, me voy contigo".

No se lo pido, pero llamo por teléfono para decirle que no se vaya con el *Pato*.

Responde:

—¿Qué me ofreces?

Le digo que no puedo ofrecerle nada pero que no se mude con el *Pato*.

Responde:

—El tren de la vida pasa sólo una vez, Serranito.

Serrano es mi apellido. En aquella conversación empiezo a ser Serranito. El diminutivo dice todo lo que hay que decir: el miedo que le tengo a la mujer que quiero me empequeñece ante sus ojos. Y ante los míos.

Al año siguiente, huyendo del recuerdo de Liliana, me caso con Aurelia Aburto, una colega del diario donde he empezado a trabajar. Es un diario de izquierdas del que me expulsarán y donde haré enemigos para toda la vida. Empezando por Aurelia.

Un viernes de septiembre de 1980, que registro en un cuaderno, veo por primera vez a Liliana en su papel de pareja del *Pato* Vértiz. Sucede un amanecer en la fonda para desvelados que hay en la calle de Tlacoquemécatl, a unos pasos del departamento donde vivo, en la colonia Del Valle de la ciudad de México. En la fonda de Tlacoquemécatl venden caldos picantes y costillas a las brasas. Suelo ir a desayunar ahí al amanecer. Normalmente pido huevos revueltos con longaniza, tortillas del comal y café de olla. Desayuno temprano en preparación de mis mañanas de escritura. Escribo entonces de ocho de la mañana a tres de la tarde, hora en que debo ir al periódico. Liliana y el *Pato* llegan a la fonda amaneciendo, ebrios de la noche. La veo reír y cantar junto al *Pato,* echarse en sus brazos, sobarle la nuca, besarle el cuello, darle de tomar al *Pato* de una botella de ron que trae en el bolso. Ni Liliana ni el *Pato* me ven porque cuando llegan me escurro a la cocina. Los observo a escondidas, entre humos de fritangas y ollas de caldos hirvientes, en la complicidad de una cocinera que se llama Chole.

A fines de ese año me separo de Aurelia Aburto. Inauguro una época de soltero corsario. Aprendo a llegar a la fonda de Tlacoquemécatl del brazo de parejas con las que he bebido y bailado toda la noche. Evito cuidadosamente a Liliana, pero oigo cosas de ella. Historias de promiscuidad, historias de alcohol, historias de dinero bajo la sombra del *Pato*. *Felo* Fernández me mantiene informado.

Pienso que Liliana ha sido corrompida por el *Pato* como fue corrompida su hermana Dorotea por el *Catracho*. Pero nadie hace matar al *Pato* como Liliana hizo matar al *Catracho*. Liliana ha defendido a Dorotea mejor de lo que yo he defendido a Liliana.

Un día *Felo* Fernández me dice que el *Pato* ha entrado ya dos veces a clínicas de reparación alcohólica. Saber esto me hace feliz. El año siguiente descubro que Liliana canta en un bar. Veo el anuncio perdido en el periódico. Voy clandestinamente una noche, a la última función, ya de madrugada. Me siento en una mesa oscura del fondo. La veo brillar en el escenario. Sus labios son plateados, brillan bajo el único reflector como si tuvieran laca. El escote blanco deja ver el inicio de sus pequeños pechos redondos. Sus brazos desnudos son también redondos. Canta con una voz que me nubla los ojos. Lloro, pago y me voy antes de que Liliana termine de cantar.

Por esas épocas me corren del diario y me caso por segunda vez con una mujer a la que aquí llamaré Josefa. Publico una novela ambientada en un diario. Mis ex colegas del diario se sienten malignamente retratados en ella. Me juzgan traidor a la cofradía de la que me han expulsado. El libro tiene un éxito razonable. La editorial donde trabajo desde que salí del diario, donde también trabaja Josefa, mi segunda mujer, me ofrece un puesto en la casa matriz de Barcelona. Paso seis años ahí; Josefa compra un piso, perdemos un bebé, escribo y publico dos novelas.

Felo Fernández me escribe regularmente. Por él sé lo poco que sé de Liliana en esos años: más promiscuidad, más alcohol, protectores diversos. Con uno de ellos pone un bar; con otro, una tienda de regalos. El *Pato* queda atrás. Ha perdido poder, ha perdido a Liliana, ha vuelto con su primera esposa y vive de la protección de Olivares. Es una sombra de sí.

A mi manera, yo también.

Vuelvo de España divorciado de Josefa, que me deja durante unas vacaciones de reconciliación en Melilla. Cuando vuelvo a México tengo treinta y seis años, Liliana treinta y cuatro, el *Pato* Vértiz cincuenta y cuatro.

Una tarde me topo con Liliana en un restorán del sur de la ciudad de México. El restorán, hoy desparecido, se llama Los Comerciales. Tiene la peculiaridad de que los meseros juegan bromas a los parroquianos, les ponen gorros bufos, les cantan a coro por sus cumpleaños y les traen pasteles con las velas prendidas. Se come muy bien en Los Comerciales. Liliana está sentada en una mesa hablando animadamente con un hombre que se pinta el pelo de negro. Lleva un *blazer* con un pañuelo turquesa del mismo color de su corbata. Liliana viene a saludarme partiendo plaza. Me toca con las dos manos el pecho y los brazos, repetidamente, como quien invita a pelear.

—Estás muy flaco —me dice—. ¿Por qué tan flaco?

Viene pintada hasta la bandera, con los labios de un naranja encendido cuyo resabio dulzón impregna su aliento, junto con un rastro del tequila que toma ahora o ha tomado anoche. Dice:

—Tenemos que vernos, cabrón.

Me da su teléfono y apunta el mío. Cuando vuelve a su mesa puedo verla sin que me vea. Eso quiere, eso hago. Lleva un vestido verde que descubre sus brazos, ciñe su cintura, acentúa sus nalgas. Sabe que la miro. Camina con pasos largos, seguros de su efecto. Al acercarse a su mesa mete la mano izquierda en el pelo que le cae sobre los hombros, lo alza hasta mostrar su nuca. Lo deja caer después con abandono de diva.

Trabajo por esos días en un libro sobre la matanza de Huitzilac. He recibido una beca de la fundación Guggenheim para escribirlo. La matanza tiene lugar el 3 de octubre de 1927. Ese día fusilan en Huitzilac a un grupo de militares y civiles acusados de rebelión. Los matan a todos a sangre fría, en vez de llevarlos a juicio. Me dispongo a honrar la superstición, propia de periodistas y escritores, de ir físicamente al sitio sobre el que voy a escribir. Me he preparado meses para eso, saqueando libros y crónicas. He pactado los encuentros necesarios para hacer una visita minuciosa a Huitzilac. Nada grave o complicado, pues Huitzilac queda sólo a unos kilómetros de la ciudad de México. Lo difícil no es ir, sino sacar algo de la visita, ya que el lugar de la matanza apenas existe: ha sido cubierto por la excrecencia urbana del pueblo. No hay indicio de dónde hincaron a uno y luego al otro para ejecutarlos. Pero hay que cumplir el rito y me dispongo a cumplirlo.

La noche anterior a mi viaje, Liliana llama por teléfono. Dice:

—Sé que no me ibas a llamar, porque me sigues corriendo. Por eso te llamo yo.

Le pregunto cómo sabe que no iba a llamarla.

—Lo vi en tu mirada de maricón del restorán.

Pregunto qué vio en mi mirada de maricón del restorán.

—Mucho gusto y mucho susto, Serranito. Más gusto que susto, pero no te rindes. ¿Cuándo te veo?

Le digo que si quiere puede acompañarme al día siguiente a Huitzilac.

Se ríe.

—¿A Huitzilac? ¿Pero qué vamos a ir a hacer a Huitzilac, cabrón? No hay nada que hacer en Huitzilac.

Le digo que tengo que documentar una matanza. Se ríe de nuevo.

—Sólo que sea por eso.

Vuelve a reírse, a carcajadas ahora. Siento el viejo poder de su risa.

Cuando deja de reírse, acepta:

—Pues a Huitzilac, cabrón, qué remedio. ¿A qué horas pasas por mí?

Digo que a las ocho de la mañana.

—De acuerdo.

Pregunto si no se ha mudado.

—De todo, menos de cueva.

A las ocho en punto paso por ella al edificio del departamento que el *Pato* Vértiz le regaló, donde vive hace años sin el *Pato*. Sube al coche con cara de desvelada, oliendo a alcohol y hablando como lora. No registro en mis cuadernos sus palabras. Tiene los ojos rojos y unas invitantes ojeras.

En la carretera libre a Cuernavaca que lleva a Huitzilac abundan los moteles. Al pasar por el segundo, Liliana pregunta:

—¿Podemos investigar la matanza de Huitzilac en este motel, Serranito?

Me meto al motel. Liliana dice:

—Hay un cuarto aquí donde no quiero estar —lo señala con el dedo—. Cualquier otro.

Evito el cuarto que señala y busco la cochera vacía de otro. Cada cuarto tiene en la planta baja una cochera y arriba una habitación, con cama matrimonial, jacuzzi, televisión, alfombra y cortinas moradas.

Una vez en el cuarto, Liliana advierte:

—No podemos pedir tragos sueltos aquí porque los adulteran. Tenemos que pedir botellas selladas.

Pide una botella de champaña por el teléfono. No pregunta por la marca. Mientras llega la champaña, pone el jacuzzi. Dice:

—Me doy un baño y quedo para ti.

Son las nueve de la mañana. Se da un baño largo mientras yo recibo la champaña y pido y llega un desayuno para dos: jugos, huevos revueltos, pan tostado, una jarra de café. Liliana sale del jacuzzi envuelta en las toallas moradas del sitio, lista para mí, pero se echa sobre la botella de champaña y el desayuno. Desayunamos huevos y bebemos champaña. Es mi primera copa en muchos años. No hacemos sino comer, beber y hablar. Agradezco que así sea. Mi deseo de esta mañana es hablar con Liliana, preguntarle lo que recuerda de mí y quién he sido para ella. He tenido siempre problemas con lo que puedo recordar de mí. Necesito memorias independientes de mí, porque soy un escritor que no sabe mirarse de frente. Liliana sí, su desparpajo es un espejo. Me dice esa mañana en el motel:

—Si hubieras tenido güevos, cabrón, yo hubiera sido tu mujer. Cómo serán las cosas que no tuviste güevos y de alguna manera soy tu mujer. Si hubieras tenido güevos, serías mi Dios. El Dios que andamos buscando y que no existe.

Dice la palabra Dios con mayúscula, como dice sus cosas en general.

Salimos del motel hablados y enchampañados. Vamos a Huitzilac a cumplir mi itinerario. Oigo, veo y tomo notas de cosas que luego no uso, entre ellas el reflexivo dicho de Liliana cada vez que queda en claro la gratuidad de la matanza.

—A éstos se los mascaron de ida y vuelta.

Volvemos a la ciudad de noche. Liliana da entonces el paso clave del día: me invita un trago en su casa. Volvemos al lugar donde la he recogido por la mañana, un edificio de diez pisos y cuatro lados que se alza, solitario, sobre un valle de casas bajas, junto al Viaducto del Río de la Piedad. El edificio puede verse desde todos los puntos cardinales y mira a todos ellos, pues sus lados no tienen muros sino ventanales de cristal, de piso a techo. El departamento de Liliana ocupa el sexto piso. Me lo muestra. La recámara tiene una cama redonda, cubierta por un edredón plateado. Aquí vamos a parar, dice Liliana. La sala tiene una barra con espejo y licores alineados en estanterías de bar profesional. Se sirve un vodka en las rocas que bebe de un trago. Ahora sí, dice, qué quieres tomar. Digo que lo de siempre. Una cuba, recuerda ella. Me pregunta qué he hecho, cómo me va. Empiezo a contarle. Ella empieza a quitarse la ropa. Camina desnudándose al ventanal de la sala de su departamento. Al fondo está la ciudad iluminada. A estas horas, con las luces prendidas, su departamento es como una caja de cristal. La figura de Liliana debe poder verse desde lejos. Quien la esté viendo desde la ciudad verá un cuerpo de espalda larga, cintura breve, piernas fuertes, brazos bien delineados. Lo que yo veo de frente son dos senos pequeños, un vientre plano, un pubis de pelo negro, casi azul.

Es todavía una mujer hermosa, acaso más hermosa que la morena de rasgos asiáticos que ha sido, tan segura de los dones de su belleza, tan premiada y herida por ella. Me tiende los brazos:

—Como antes, Serranito. Como siempre.

No se me para. Nos dan las diez de la noche en su cama redonda. No ha dejado de servirse vodkas ni de reponer mis cubas. Hemos comido mal en Huitzilac y tiene hambre. Pregunta:

—¿Qué tal una arrachera en el Pepe's, Serranito? ¿Te acuerdas del Pepe's?

Me acuerdo del Pepe's, un restorán de carnes, hoy desaparecido, que está en una especie de isla de cemento en la esquina de Insurgentes y Río Mixcoac. Atiende un mesero joven llamado Alfonso. A Liliana la intriga la familiaridad con que me trata Alfonso.

—¿Con quién te atascabas en este lugar, Serranito?

Está oliendo la sombra de Aurelia Aburto, con quien yo venía a este restorán al menos una vez por semana, al salir del periódico. Aurelia Aburto ya no está en mi vida, pero Liliana la huele en el tiempo. Me sorprende lo que Liliana puede oler en el tiempo.

Tomamos la arrachera con una botella de vino. Al salir es medianoche; sopla un viento fresco que levanta el pelo de Liliana y lo cruza sobre su frente. Dice:

—Llévame a bailar. ¿Te acuerdas del Buca Bar?

Me acuerdo. Es un antro de rumba, hoy desaparecido, que abre todas las noches hasta la madrugada en las calles de Bucareli. Recuerdo a *Felo* Fernández ofreciendo una noche, entre el barullo de trompetas y cantantes del Buca Bar, su show de masticar vidrio mientras emite un monólogo de su invención sobre la historia de México.

El monólogo dice que cuando gobernaron el país los militares se perdieron todas las guerras, cuando lo gobernaron los licenciados se violaron todas las leyes, cuando lo gobernaron los economistas quebraron la economía.

Liliana pide una botella de ron con el gollete sellado, cuyo fleje de plástico ella pueda violar. A las tres de la mañana, la botella va a la mitad; nosotros hemos sudado algo del alcohol del día en tandas de baile que mezclan largas versiones de *In a gadda da vida* y *Caballo viejo*. La calle de Bucareli está desierta cuando salimos del Buca Bar. El viento hace volar papeles. En la calle sin coches, bajo los pálidos arbotantes, brillan las guías del tranvía desaparecido.

—Llévame al Cíngaros —dice Liliana.

El Cíngaros es un bar clandestino, hoy desaparecido, donde amanecen las putas y los borrachos de la Zona Rosa. Un mesero llamado Minerva recibe a Liliana con chillidos de alegría. Huelo en su alegría las propinas del *Pato* Vértiz y sucesores. No hay música aquí, sólo el ruido de las conversaciones que se prenden y se apagan con voces ebrias que se arrastran sobre sí mismas hacia la cólera, el alarde, la risa o la estupidez. Un tipo en la mesa de al lado dice a una mujer que le fuma en la cara: "Cásatte conmigo. ¿O me qquieres ver la ccara de penddejo?"

Minerva trae una hielera con vasos y coca-colas para la media botella sobrante del Buca Bar que Liliana ha puesto en la mesa. Vuelve después con una cigarrera que cuelga de su cuello y apoya en su vientre. Minerva es flaco y breve, con una mata de pelo oscuro en forma de melena de león. En un compartimento de la cigarrera que Minerva abre hay subcompartimentos con pastillas. Liliana se echa dos a la boca con la palma abierta de la mano. Sirve dos cubas pálidas que arden en los labios de tanto ron. Dice:

—Tengo una historia para ti, Serranito. A ti que te gustan las matanzas. Yo hice matar a un güey.

Me cuenta entonces por tercera vez la historia del profanador de su hermana Dorotea, al que hizo matar. He escuchado la historia dos veces. En ambos casos he tenido el cuidado de registrar lo que oigo. Todavía tengo en aquellos días el don de transcribir sin pérdida lo que escucho, como si lo grabara en mi cabeza. Un don perdido. Me dispongo a oír la historia por tercera vez en este lugar llamado Cíngaros, desaparecido de la ciudad y la memoria.

Liliana no recuerda que me ha contado esta historia dos veces. Me la cuenta toda de nuevo, como si la dijera por primera vez. A sus versiones previas añade un detalle siniestro. Dice que ella está presente durante la ejecución del *Catracho*. Más aún, dice que la dirige. Añade que Dorotea no recuerda nada de aquellos hechos. Dorotea está casada felizmente, tiene dos amantes y un hijo idiota que resultó ser un genio matemático.

El relato borra las nubes de alcohol de mi cabeza. Le digo que vayamos a buscar algo de comer.

—Yo sé dónde —dice Liliana.

Yo también. Desayunamos con el fin de la noche en la fonda de Tlacoquemécatl, que conserva a Liliana en mi memoria como propiedad del *Pato* Vértiz. De la fonda vamos a mi departamento, que sigue a unos pasos de la fonda. Dormimos hasta el mediodía. Cuando despierto Liliana se ha bañado, ha freído unas salchichas y explorado mi cantina de escritor abstemio, donde no hay sino una prehistórica botella de ron que no tiene tapa. Me da una cuba de ese ron sin tapa y me embute de salchichas. Me hace cambiarme de ropa y llevarla a su casa, donde se cambia también. De la casa de Liliana vamos al bar del hotel Jena, hoy desaparecido, en las calles de Morelos. Del bar del Jena vamos al restorán Ambassadeurs, también desaparecido, junto al diario *Excélsior,* en Paseo de la Reforma. Del restorán Ambassadeurs vamos al cabaret El Patio, donde hace sus penúltimas apariciones José José. Del cabaret El Patio vamos al Bar León, un antro de rumba en las calles de Brasil del centro histórico, fantasma también de la ciudad ida, aunque intacto en la memoria. Hay un mesero llamado Luis al que todos le dicen Mesié, incluida Liliana. Nos trae una botella sellada de ron con hielos y coca-colas. Tomamos cubas y oímos a un conjunto decrépito. Salimos en la madrugada, hacia un corralón de las calles de Palma donde no amanece nunca. Una muchedumbre baila y bebe ahí hasta el mediodía. Salimos a un sol crudo y a una ciudad en pleno movimiento, como dos fantasmas ebrios, venidos de la noche. Nos metemos en el hotel de al lado a dormir. Despierto al atardecer con Liliana recién bañada, el pelo húmedo, montada sobre mí. Salimos del hotel al anochecer. Nuestra ropa es un desastre pero hay algo alto y erguido en nuestro ánimo, unas ganas corsarias de sacudir al mundo y perdernos en él.

No tengo recuerdos de los siguientes dos días. Sólo garabatos de un itinerario hechos en una libreta de notas. Del hotel de la calle de Palma vamos a la cantina Puerta del Sol, hoy desaparecida, en las mismas calles de Palma. De la cantina Puerta del Sol vamos al restorán Prendes, en la calle de 16 de Septiembre. Del restorán Prendes vamos al Salón Rivière, donde hay tandas tempranas de rumba.

Del Salón Rivière vamos al Club de los Artistas, en las calles de Vértiz, donde se hacen shows de sexo explícito que no existen ya sino en crónicas perdidas de olvidadas revistas culturales. Del Club de los Artistas vamos a un hotel de paso de la colonia Doctores que se llama Catalonia. Vuelvo en mí en una cama del Hospital General de la misma colonia Doctores, con cánulas de suero en un brazo y una paz interior ceñida por el recuerdo de la muerte.

Liliana no está en ninguna parte.

Paso los siguientes dos años en la Universidad de Iowa escribiendo el libro sobre Huitzilac. Durante todo ese tiempo no sé ni quiero saber nada de Liliana. Termino el libro. El día que lo presento en la ciudad de México, Liliana está entre el público. Al final de la presentación, viene a que se lo firme. Hay un ardor único en sus ojos negros, un dolor altivo, quizá sólo una dosis de cocaína. Hay también un aura de humor infantil en su corte de pelo a lo príncipe valiente, en su traje sastre de gamuza color arena. La pañoleta que lleva en el cuello es del mismo color ciruela que sus labios.

Se forma para que le firme el libro. Cuando llega su turno, me dice:

—No salgo en este libro, pero sé que estoy en él.

Así es mi dedicatoria: "Para Liliana, que no sale en este libro pero está en él".

Cuando lee la dedicatoria dice:

—¿Te espero y hablamos del tiempo perdido?

Termino de firmar y salgo en su busca, pero se ha ido. Por la noche llamo al teléfono de su viejo departamento, que conservo de nuestro último encuentro, hace tres años. Nadie contesta esa noche. Tampoco los días siguientes. Voy a buscarla a su departamento. El portero me dice que no vive ahí desde hace meses. Un golpe de nostalgia me hace ir en busca de la casa de los Montoya en la colonia San Rafael. Ahora es un jardín de niños.

Busco a *Felo* Fernández. No sabe nada de Liliana, pero sí del *Pato:* está refugiado en una subsecretaría de gobierno de la que es titular el futuro difunto Olivares.

Tengo necesidad física de Liliana Montoya.

Parpadeo, pasan los años y recibo una llamada de *Felo* Fernández:

—Hace cuatro años que no hablamos, líder. Me disculpo por la ausencia. Te hablo porque ayer entregó los tenis nuestro común Olivares. Lo están velando en Gayosso de Félix Cuevas. Igual nos vemos ahí.

Más que la muerte de Olivares, me sorprende que hayan pasado cuatro años desde la última vez que hablé con *Felo,* y desde la última vez que vi a Liliana. Le digo a *Felo* Fernández:

—Parece que fue ayer.

La vida se ha ido sin sentir, y nosotros con ella.

El hecho es que la aparición del *Pato* Vértiz en el velorio del difunto Olivares me regresa a la búsqueda de Liliana Montoya. La tengo perdida desde la última vez que la vi en aquella presentación del libro sobre Huitzilac. Me digo que si hay huellas de Liliana estarán en las redes de los amigos de Olivares y del propio *Pato,* a quien presumo añorante, en insaciable búsqueda de ella. Como ahora yo. Mi primera estación de viaje hacia esas huellas es *Felo* Fernández, a quien pido una primera indagación con el *Pato* y con los amigos del difunto Olivares.

Felo regresa de su pesquisa con las manos casi vacías. Dice:

—La última noticia que hay de Liliana Montoya es que pasó una temporada en Antigua, Guatemala, administrando un hotel. Antes de eso, tuvo un bar en Los Cabos, donde cantaba. Luego de eso, nada.

Le pregunto si esto que me dice se lo contó el *Pato* Vértiz. Responde:

—El *Pato* es el único que le sigue la pista, pero la tiene perdida. De ahí en fuera, nadie. El único otro que quiere encontrarla eres tú. Comparto tu debilidad venérea o literaria por esta señora, líder, pero no la recomiendo. Es una dama nefasta. Se ha dejado desear y le ha quedado a deber a toda una generación. ¿Cuándo dices que la viste por última vez?

Repito que hace cuatro años. Me responde:

—Ojalá y haya sido la última, líder. Por tu tranquilidad y por la de la república. No hay nadie que se la haya querido coger y no haya perdido medio pito en el intento.

Felo tiene razón. Liliana ha entrado y salido de mi vida en oleadas catastróficas. Ha estado siempre ahí, esperando su turno. He amado a esta mujer más de lo que la he temido, pero el temor ha vencido siempre.

Durante años su historia del asesinato del *Catracho* ha sido parte de mis malos sueños, mi pesadilla recurrente. Despierto en la inminencia del hecho, unas veces como si fuera yo quien va a ejecutar al *Catracho,* otras veces como si lo hubiera ejecutado ya y estuviera huyendo de la ley como una fiera acosada. Un día despierto tomado por una revelación atroz: soy yo quien ha matado al *Catracho* por instigación de Liliana, yo quien ha borrado el hecho de mi conciencia esquizofrénica. Estoy sudando y tiemblo. Tardo unos segundos largos en volver en mí. Entiendo que el mal sueño del *Catracho* se ha extendido, limpio y enloquecedor, a mi vigilia. Recuerdo haber decidido en esos años que investigaría la muerte del *Catracho.* Recuerdo también haber olvidado mi propósito.

Luego del velorio del difunto Olivares decido nuevamente investigar la muerte del *Catracho.* Reabrir su enigma es una forma de ponerme camino de Liliana. Dando un rodeo, es verdad, y con ganas de no encontrarla, pero buscándola al fin, tratando de que los azares de la búsqueda me la traigan de nuevo.

Empiezo por recapitular lo que sé.

Liliana me ha contado tres veces el asesinato del *Catracho.* Las tres veces dice que es ella quien le pide al *Pato* Vértiz que lo mande matar. Aquí terminan las coincidencias. En la primera versión, el *Pato* hace matar al *Catracho* y trae fotos del cadáver para probar su dicho. En la segunda versión, Liliana va con su hermana Dorotea a ver el cuerpo del *Catracho* y Dorotea lo toca con el pie para probar que ha muerto. En la tercera versión, Liliana está presente *durante* la ejecución del *Catracho,* y la dirige.

Entre la segunda y la tercera versión, escribo y destruyo una novela corta inspirada en el hecho. No me atrevo a publicarla por temor al *Pato* Vértiz, animal que Liliana ha domado, pero que no es un animal doméstico. En la novela que escribo entonces, el personaje que encarna a Liliana no ha podido ser feliz. Tampoco ha sido feliz su hermana. La tesis del narrador es que transgresiones de ese tamaño no se curan. La culpa vuelve siempre por sus fueros. Pero en su tercera versión de los hechos, lo que Liliana subraya sin querer es que la transgresión no ha tenido consecuencias. La culpa no ha caído sobre ella, ni ha hecho infeliz a Dorotea, quien tiene un marido proveedor, dos amantes que acuden a su llamado como perros fieles y un hijo medio genio.

Liliana, por su parte, ha despedido al *Pato* Vértiz y ha servido otros amores, tan rentables como el *Pato*. Se diría que la desdicha la ha blindado contra el sufrimiento, y la impunidad contra la culpa. En el caso de Liliana Montoya y de su hermana Dorotea, los efectos califican moralmente a las causas, no al revés.

Entre los apuntes que conservo de mi penúltimo encuentro con Liliana, la vez que fuimos a Huitzilac, está la fecha del asesinato del *Catracho*. Es el 14 de febrero de 1978, día del amor y la amistad. "Le dimos su regalo del día de los novios", dice Liliana en mis apuntes.

Voy a la hemeroteca en busca de los diarios de esa fecha. Paso el día hojeando páginas de policía. No hay nada. Dejo los diarios y voy a las revistas. Abruma el azar sangriento de cada día: crímenes, accidentes, catástrofes, matanzas históricas. Paso la mañana leyendo, horrorizado y anestesiado. Aparece el titular de "un periodista extranjero", a quien conocí, desaparecido en las playas de Oaxaca. Páginas adelante está el titular de otro extranjero, un turista, muerto en un bar de mala muerte. Luego me topo con el titular de un agente de modelos, también extranjero, ahogado en Manzanillo. Descubro que ser extranjero es tener un grado previo de celebridad en estas páginas. Sigo la palabra *extranjero* en las cabezas de la revista mientras la hojeo. El caos de sangre y accidentes mortales adquiere por un momento cierta racionalidad, por lo menos un orden chovinista. Recorro el tomo del año 78 deteniéndome sólo en las notas que hablan de muertes de extranjeros. No encuentro nada. Pido el año 79. En una edición de la primera semana de marzo leo: "Extranjero muerto a tiros por profiláctica razón". La nota empieza arrebatadoramente:

El malviviente hondureño Cataldo Peña fue hallado muerto en su leonera, donde llevaba jovencitas a prostituirse.

Sigue:

Le dieron dos buenos tiros en el pecho y uno en la cabeza, al parecer otros malvivientes como él, para retirarlo de su vergonzosa profesión. No hará más daño a jóvenes inocentes ni prestará más servicios a degenerados que pagan para aprovecharse de jóvenes incautas, llevadas al vicio por gente de la calaña de este hondureño, vergüenza del bello país hermano.

Sigue:

En las oficinas de la DIPD, antes Servicio Secreto, que lleva las investigaciones, se dijo que tienen el caso en sus manos para ver si hay conexiones con la acción de otros grupos criminales, pues el hondureño es pájaro de cuenta.

Vuelvo a revisar los diarios corrigiendo un año la fecha de búsqueda. Empiezo por el mes de marzo de 1979. No hay nada. Voy a febrero: no hay nada el 15, y no hay nada el 16, pero el sábado 17 encuentro la nota de la muerte del "lenón Clotaldo Peña". La policía de la ciudad, dice la nota, investiga el crimen en conexión con una banda de asaltadores colombianos que operan desde hace un tiempo en la ciudad. Busco en los días siguientes, hasta julio de ese año. Nada. Vuelvo a la revista e investigo el año completo. Ni una línea.

Busco a *Felo* Fernández. Le pregunto si conoce a alguien que pueda llevarme a la cueva de la policía del año 79, la célebre DIPD (División de Investigaciones para la Prevención de la Delincuencia), desaparecida en el año 83.

Felo Fernández me lleva con su compañero de generación Ricardo Antúnez, protegido un tiempo del *Pato* Vértiz, luego su enemigo mortal.

Antúnez ha sido jefe de seguridad de la ciudad, el primer jefe civil en ese cargo. Un fracaso absoluto. De sus épocas de gloria tengo una mala anécdota con él. Es una anécdota trivial, pero de ésas que luego no pueden olvidarse. Consiste en que una tarde rehúso públicamente una botella de vino que me envía, de mesa a mesa, en un restorán de moda llamado Cícero, hace diez años. Antúnez dice a *Felo* que me verá con gusto, pero que su condición es que el lugar de nuestro encuentro sea el restorán Cícero.

Ya me está esperando con *Felo* cuando llego. Me recibe ceremoniosamente, dice que ésta es una comida de amigos aunque para que lo sea cabalmente conviene desahogar mi agenda desde el principio. Me pregunta qué quiero. Le repito lo que he dicho a *Felo* Fernández. Quiero una copia del expediente judicial del homicidio de un hondureño llamado Clotaldo o Cataldo Peña, muerto en la segunda decena de febrero de 1979.

Antúnez tiene un bigote de morsa y una calva de bola de billar. Tiene ojos de grandes pestañas rizadas y manos de dedos gordos cubiertos de pelo. Su facha es afable pero sus modales son helados. Usa un reloj enorme en la muñeca robusta, también llena de pelo. No pregunta la razón de mi interés. Sólo dice, ostentando su conocimiento del tema:

—Yo te consigo el expediente, cuenta con ello. ¿Pero quieres saber lo que sucedió o lo que está en el expediente?

Digo que las dos cosas. Antúnez explica su pregunta:

—Lo que está en el expediente no es necesariamente lo que sucedió. Hay la memoria judicial y hay la memoria policiaca. La memoria de la policía es más exacta que la memoria de los expedientes.

Tardo en entender que Antúnez me está ofreciendo algo. *Felo* Fernández registra mi despiste y me explica:

—Lo que Antúnez pregunta es si quieres que busque también a algún comandante de la época que pueda haber conocido el caso.

Digo que sí, naturalmente.

—Te va a costar una botella de vino —dice Antúnez, empezando un bostezo.

Acepto. Antúnez revisa la carta de vinos y pide el más caro de la lista, un vino español. Pienso: la generación del difunto Olivares apunta todo.

Antúnez cumple. Una semana después me envía una copia fotostática del expediente. Llama después para convocar a una segunda comida advirtiendo que él pagará el vino. La comida es también en el restorán Cícero. A los postres llega un hombre de edad, a la vez alerta y estragado. Tiene un pelo abundante, descuidadamente gris, que le empieza en la frente. Antes de sentarse, mientras camina a nuestra mesa siguiendo al mesero que lo guía, mira el sitio con rigor, como si lo filmara. Saluda con una mano callosa cuyos bordes ásperos imponen. Antúnez termina su café y se excusa de estar en la conversación que me ha montado.

—Lo que ustedes van a hablar se habla mejor entre dos.

Felo Fernández se retira con él a otra mesa. Tienen su propio asunto que tratar.

Me quedo frente al comandante como frente a un muro. El muro dice:

—El licenciado Antúnez me contó lo que busca. ¿Puedo hablarle sin mamadas?

El Cícero es un restorán donde se liga. Hay mesas de mujeres que, después de comer, beben, fuman, conversan y ríen sonoramente de sus propios chistes. Sus risas indican que esperan que alguien les pague la cuenta y se pase a su mesa. El comandante mira hacia una de esas mesas sobre su hombro derecho, luego hacia otra sobre su hombro izquierdo. Dice:

—Qué lindas son las putas de corazón. Nuestras pinches sirenas.

Después me mira como si me atravesara. Sus córneas tienen un borde claro, desprendido. Sus párpados son un pergamino de arrugas. Pregunta:

—¿Me va a echar al papel?

Debo poner cara de idiota porque parpadea con fastidio. Refrasea:

—¿Va a escribir lo que le cuente? ¿En algún momento usará mi nombre?

Digo que no.

—Si me vio, no se acuerda. ¿Trato?

No sé muy bien lo que me está diciendo pero acepto. Él dice:

—Yo me llamo Neri. Voy a hablarle sin mamadas. ¿De acuerdo?

Asiento mecánicamente.

—Todo lo que usted ya trae del caso que le interesa es exacto. Salvo que no hubo sólo un muerto. Fueron dos.

Uno fue el muerto que usted dice, el extranjero. Pero el muerto importante era el otro.

Digo que no hay otro en la prensa ni en el expediente. Responde:

—El muerto serio está ocultado. Me acuerdo muy bien del caso porque ese día me iba a morir. Fui a un pueblo en Morelos a buscar a un secuestrador. No sé cómo hizo pero me echó el pueblo encima. Me iban a colgar frente a la iglesia. Me salvó el cura. Por poco lo linchan a él también. Llegué a la ciudad de México en la madrugada. En el escuadrón me dijeron que había un caso que cuidar en un leonero. La verdad no era un leonero, sino un departamento bien puesto en la colonia San Rafael. Cuando llegué ya estaba el muerto que usted dice, el dueño del departamento. Al otro, al importante, lo estaban interrogando, pero se les fue en el interrogatorio y decidieron no presentarlo porque nadie iba a poder explicar las lesiones. El comandante Reséndiz dijo: "Aquí lo que hubo es que mataron a un lenón, ¿entendido?" Se llevaron su muerto y me dejaron a mí con el otro, o sea, con el suyo, el que a usted le interesa, esperando instrucciones. Amanecí sin instrucciones. Por la mañana empezó la presión. Fue un caso muy negociado.

Le pregunto qué quiere decir negociado. Me cuenta de una rivalidad entre el entonces secretario de Gobernación y el entonces Regente de la ciudad.

—El secretario de Gobernación quería joder al regente. Sabía que nuestro escuadrón hacía chingaderas. Y sí. En esos años, si había un crimen grave, la procuraduría de la ciudad le preguntaba al agraviado si quería muerto o vivo al culpable. Muchos lo querían muerto. Había una escuadra de ejecutores. Todos los del escuadrón pasaban alguna vez por ahí. Algunos lo hacían por dinero. Otros por hacer méritos.

Le pregunto si él era parte del escuadrón de ejecutores.

—Nunca por dinero. Sólo si el caso lo ameritaba.

Pregunto cuándo lo ameritaba.

—Cuando se trataba de lacras, de violadores reincidentes, de multihomicidas. Cada quien tenía su código. Lo que le puedo decir es que no maté a ningún cabrón que no se lo mereciera.

Pide un agua mineral. Baja la cabeza, cierra los ojos, vuelve a mirarme.

—El secretario de Gobernación quería probar que había ejecuciones en la procuraduría de la ciudad. Para tronar al Regente. Sus instrucciones eran investigar todo lo que pareciera ejecución. En el caso que a usted le interesa, desconocimos sus instrucciones. Porque ese caso fue una ejecución por razones profesionales del escuadrón.

Pregunto cuáles eran las razones profesionales del escuadrón. El comandante Neri se explaya:

—Mire, en esos años, cada tres o cuatro meses aparecía un grupo de asaltantes que no estaba en la lista de la policía. Si nadie sabía de esa banda, era una anomalía y había que erradicarla. En aquellos tiempos los policías éramos los dueños de la calle. Nosotros poníamos las reglas, decíamos qué crímenes se valían y cuáles no. Éramos la autoridad, los hampones nos temían. Un comandante de cualquier corporación se presentaba en Tepito, por ejemplo, y los raterillos venían como moscas: "¿Qué se le ofrece, mi jefe? ¿En qué le servimos?" "Pues miren, hubo un robo y violaron a la señora de la casa, pero la familia de la señora es gente de pro, así que el que hizo esta pendejada se va a chingar. Averigüen quién fue." Ellos iban y averiguaban. A veces hasta nos traían a los culpables. El escuadrón presentaba a los culpables a la autoridad, y todos contentos. En el caso que usted pregunta, el escuadrón había descubierto una de esas bandas. Averiguaron que el jefe iba al departamento de su muerto, el muerto que le interesa a usted. Fueron al departamento, mataron al dueño y esperaron al jefe de la banda. Cuando el jefe de la banda llegó, lo interrogaron. Pero se les murió en el interrogatorio, como le digo.

Le pregunto quiénes hicieron el interrogatorio.

—La gente del antiguo servicio secreto. Yo estaba empezando ahí, me traían de madrina, de aprendiz. Me hicieron ir al lugar de los hechos para tapar los hechos. Había que limpiar y esperar instrucciones. La tortura del jefe los llevó a donde estaban los otros miembros de la banda. Por la mañana les quitaron lo robado; los mataron a todos. Luego me ordenaron que llamara al ministerio público y diera una versión a la prensa. La versión fue que habían matado al lenón unos clientes, a los que estábamos buscando porque eran parte de una banda. No buscábamos nada, pero nadie paró las cejas y ahí terminó la cosa. Me acuerdo muy bien de todo eso porque le digo que venía de que me iban a linchar, y también porque fue donde yo me asusté y me salí de la corporación. Volví a ser policía años después, cuando limpiaron la DIPD. Con esa limpiada, hay que decirlo también, dejó de haber policía en la ciudad. Tuvimos que inventarla de nuevo, de principio a fin. Fracasamos totalmente. La verdad, sin mamadas, es que la única policía que ha habido en este país es la de entonces, la de los comandantes que eran los dueños de los criminales. Eran la autoridad y eran el crimen. Dueños del hampa y parte del hampa. No se conoce esa historia, nadie habla de eso. Pero así era, así fue.

La carcajada de una mujer deja en el restorán un eco de guacamaya. El comandante busca el origen de esa risa viendo sobre su hombro derecho. Dice:

—Gran risa.

Sus ojos ríen también, recuerdan algo. Pregunto si se acuerda bien de esa noche, de esas horas. Responde:

—Me acuerdo muy bien. Mi defecto y mi salvoconducto en este oficio es que me acuerdo de todo. Así era la poli de entonces: pura memoria, cero papeles.

Le pregunto si recuerda algo raro de esa noche, si alguien vio el cadáver aparte de él.

—Sí, cómo no. Me llamaron de la oficina de mi jefe, el procurador, para que dejáramos ver el cadáver a unas gentes que él nos mandaba. Llegó una muchacha muy linda, con su tolete, un abogado. Me llamó la atención que una muchacha tan joven anduviera en ésas, mirando cadáveres. Pero la traía ese amigo del jefe, una gente de la universidad.

Pregunto si la muchacha iba sola. Si era una muchacha o eran dos.

—Sólo una. Iba con este tipo. Alguna vez supe su nombre; tuvo por ahí algunos puestos, pero eso sí se me ha olvidado. Y eso que le acabo de presumir que recuerdo todo.

Pregunto si él estaba presente cuando los otros vieron el cadáver.

—No, yo no estuve. Los dejé solos. Me quedé de guardia en la puerta. El tipo me cayó mal. A la salida quiso ponerme un billete en la mano. Le dije: "No soy mesero, señor". No lo acepté. ¿A usted por qué le interesa este caso?

Le digo que me lo había contado la muchacha.

—¿Entonces usted ya sabía lo que pasó? ¿Me estaba probando?

Le digo que estaba probando a la muchacha.

Se ríe. Las arrugas de sus párpados comprimen el brillo de sus ojos. Vuelve a mirar a las mesas de mujeres por encima de un hombro y del otro.

—Lo lógico sería salir de aquí del brazo de alguien. ¿Invitamos unas?

No espera mi respuesta. Se levanta y camina ajustándose los pantalones a la cintura. Usa botas vaqueras y unos jeans apretados. Sus piernas son fuertes aunque arqueadas, como dos paréntesis, y él camina como si le dolieran. Sus primeras palabras hacen saltar una risa en la mesa de mujeres que aborda, dos cuarentonas de pelo rubio, pintadas hasta la bandera. El comandante Neri me señala y me observa mientras dice otras cosas que vuelven a hacer reír a las mujeres. Una de ellas viste de verde; la otra, de amarillo. Las dos tienen los pechos grandes con escotes grandes.

De regreso en mi departamento, me pregunto cuánto creerle al comandante Neri. Su fatuidad es tan obvia como su impulso fabulatorio. También es clara su neutralidad en el caso, respecto de mis intereses en él. Nada de lo que dice sobre el asesinato del *Catracho* tiene en su centro a Liliana y al *Pato* Vértiz. Liliana y el *Pato* son incidentes en el curso no de una venganza familiar, sino de una ejecución policiaca. La versión de Neri, sin embargo, aclara cosas. La primera, que Liliana no está presente durante la ejecución del *Catracho* ni puede, por tanto, dirigirla. La segunda, que Dorotea no acude al lugar del crimen, sólo Liliana.

No reparo por lo pronto en la enormidad de la confirmación que hace el comandante, a saber: que el homicidio existió y que el *Pato* llevó a Liliana a certificar su existencia. Peor: que la rabia y el temple le alcanzaron a Liliana para ir a ver el cadáver cuya ejecución había ordenado.

Sin embargo, la versión del comandante Neri no explica lo fundamental para mí: cómo cumplió el *Pato* Vértiz la orden de Liliana de que muriera el *Catracho*. Según el comandante Neri, la muerte del *Catracho* tiene otro origen. Los comandantes que matan al *Catracho* no lo buscan a él, sino a su cliente venéreo, el jefe de una banda que roba sin licencia y al que los comandantes van a escarmentar. Al *Catracho* lo matan de paso. No sé cómo entra en esta ruta de escarmiento policial el capricho homicida de Liliana.

Una persona clave para aclarar esto sería el procurador de la época de quien habla Neri, el amigo del *Pato*. Pero el procurador ha muerto, viejo y laureado. Puedo volver a Neri, pero ni el *Pato* ni Liliana están en su memoria como agentes del crimen. Además, el comandante Neri no es una gente que yo quiera seguir tratando.

Preguntarle a Antúnez es otra opción, pero no quiero mostrarle mis cartas y decirle lo que busco. Entre otras cosas, porque no sé muy bien lo que busco, salvo que quiero que mi búsqueda me lleve a Liliana. Esto es lo que deseo realmente, lo que no me atrevo a decir. Mi cuento de siempre con ella.

Queda encarar al *Pato* y sacarle la verdad. Pero no estoy en ánimo de eso todavía. Mi desprecio por el *Pato* es mayor que mi curiosidad.

El último rastro de Liliana se pierde en un hotel de Los Cabos, donde alguien la ha visto cantar. Nada saben de ella *Felo* Fernández, el *Pato* Vértiz ni el resto de la generación del difunto Olivares, a la que Liliana debe su leyenda y su ruina. Llamo ruina al lugar que Liliana ocupa ahora en la memoria de esa generación. Mejor: al que no ocupa. Su desaparición es sintomática. Vale para mí como una fuga, la fuga vale como una pena, la pena como una expiación.

Los amigos del difunto Olivares tienen historias que contar de Liliana Montoya. Las cuentan sin afecto ni censura. Famosa, chismosamente. Cumplen así con la regla originaria de la fama pública que es el habla maliciosa o admirativa de los contemporáneos. Las historias de Liliana son moneda de curso corriente en esa generación. Circulan sin gastarse y adquieren con el uso un brillo raro. El brillo de la pequeña leyenda. Recojo esas monedas conforme vienen a la mesa de apostar donde escribo esta historia. No quiero sugerir que estas historias dicen la verdad o aluden a un orden secreto de las cosas. Dicen sólo algo independiente de mis obsesiones o de mis recuerdos sobre esta mujer que no he podido tener ni apartar de mí.

La historia favorita de Liliana en la generación del difunto Olivares es que enloquece al *Pato* Vértiz. Se valora mucho en esa generación que Liliana, siendo sólo una muchacha, hubiera enloquecido al *Pato* Vértiz. La mujer que pudo enloquecer al *Pato* Vértiz es de admirar entre quienes conocen al *Pato* y se reputan sus amigos. Difícil reputarse amigo del *Pato,* pero en la generación del difunto Olivares todos dicen ser amigos de él. La razón es clara para mí: todos han recibido del *Pato* un favor inmerecido y el *Pato* conoce todas las trapacerías que han hecho con él o para él.

Las historias del *Pato* con Liliana recorren ese círculo a escondidas del *Pato.* Por ejemplo ésta:

La mujer del *Pato* Vértiz ha intentado suicidarse tomándose un tintero de tinta negra de la marca Pelikan, favorita en esos años para cargar plumas fuentes. La suicida deja un recado exponiendo no tan crípticamente sus razones. Escribe el nombre completo de Liliana, con sus dos apellidos: Montoya Giner. Luego, como rúbrica, escribe la dirección exacta del departamento que el *Pato* le ha dado a Liliana y donde duerme varios días de la semana. Es el departamento que he descrito en otra parte, junto al Viaducto Río Piedad de la ciudad de México, en uno de los pocos edificios de la ciudad que tiene cuatro lados y se alza solitario sobre una colonia de casas bajas. Triunfante de su entorno, el edificio de Liliana mira a todos los puntos cardinales desde sus grandes ventanas de cristal.

El intento de suicidio de su mujer provoca en el *Pato* un intento de ruptura con Liliana. El *Pato* dice que no puede seguir viendo a Liliana pues al volver del más allá, con los labios manchados todavía por los residuos de la tinta ingerida, la mujer del *Pato* le pide que regrese a su casa y no duerma más fuera de ella, con esa maritornes. La mujer del *Pato* es doctoranda de literatura medieval y ha escrito varias reseñas sobre el Quijote y sus modelos, lo que le permite decir la palabra maritornes con la autoridad del caso. El *Pato* anuncia a sus amigos y subordinados de la generación del difunto Olivares que hará lo que su mujer le pide, a muy alto precio para él, pues a todos les consta su amor por Liliana. La siguiente cosa que amigos y subordinados saben del *Pato* es que hará su fiesta de cumpleaños en el departamento que comparte con Liliana, donde Liliana, mucho antes de terminar la fiesta, le dice al *Pato,* a la vista de todos, que puede irse ya a ver cómo sigue su esposa de la peda de tinta que se puso, y que no se preocupe por ella porque hay en la fiesta suficientes cabrones con quienes dormir esa noche. Dicho lo cual se sienta en las piernas del difunto Olivares, que ha bebido de más pero no tanto como para no darse cuenta de que Liliana lo usa para provocar al *Pato,* entendido lo cual el difunto Olivares, entonces secretario del *Pato,* se levanta pidiéndole disculpas a su jefe y amigo, declarándose su incondicional y desconociendo las intenciones de Liliana, a lo cual el *Pato* responde pidiéndole a Liliana que venga a la recámara a hablar a solas con él, a lo cual Liliana responde yendo al bar a servirse una copa, como si no lo hubiera oído. Los amigos de la generación del difunto Olivares presentes en la fiesta testimonian que esa noche, luego de aquel desafío, el *Pato* no sólo no se va a su casa, sino que dedica el resto de la fiesta a conversar de las cosas más raras, simulando en su conversación que nada ha sucedido y todo sigue igual. Pero nada sigue igual después de aquella fiesta, salvo que el *Pato* se queda con Liliana hasta el amanecer. La siguiente semana el *Pato* deja la casa de su mujer suicida, no para mudarse al departamento de Liliana, sino para seguir yendo a él cuando así lo convenga con ella. Algo ha cambiado gravemente en este trato, pues los días por convenir eran hasta entonces los que el *Pato* decía, y luego del intento de suicidio de la mujer del *Pato* son, y serán hasta el final, los días que dice Liliana. Liliana tiene entonces veinticinco años; *el Pato,* cuarenta y cinco.

La historia de la fiesta y del suicidio de la mujer del *Pato* Vértiz está siempre a flor de labio en la generación del difunto Olivares. También esta otra:

Liliana ha hecho bailar a un rector un tango que ella conduce. Durante parte del tango tiene al rector fijo entre sus brazos a unos centímetros de sus labios. El rector jadea como un cachorro. Liliana no lo besa. A los rumores subsecuentes de que anda con el rector, Liliana opone el recuerdo de aquellos jadeos: "Si eso fue con un tango, en la cama se muere. Y no se ha muerto, así que no ando con él". La frase pierde petulancia con el tiempo, pues con el tiempo se sabe que el *Pato* alcanza el infarto una vez en la compañía nocturna de Liliana y hay al menos la anécdota de un hombre muerto en el confuso curso de una parranda con Liliana. He pensado siempre que el protagonista precursor de esa última anécdota pudiera ser yo, y que acaso lo soy, en el molino impreciso de la fabulación colectiva, pues he entrado moribundo al hospital una vez a resultas de mis fugas con Liliana y otra vez a resultas de los golpes recibidos de parte de su hermano Rubén por haberme metido con su hermana. Puedo decir por experiencia que la belleza de Liliana tiene la atracción del riesgo. Y la especialidad de la riña.

En la colonia San Rafael, donde vive muchos años la familia Montoya, se conserva esta memoria, también de circulación frecuente en la generación del difunto Olivares:

Liliana está parada a los doce años en la banqueta de su cuadra viendo jugar futbolito callejero. Un niño mete un gol, recoge el balón y corre a ponerlo a los pies de Liliana como un tributo. Un niño del equipo contrario viene a recoger el balón para seguir jugando, pero el que lo ha puesto frente a Liliana le mete un brazo en el cuello y lo derriba. El intruso cae al suelo ahogándose, fulminado por el golpe. Su equipo corre a vengarlo y cae sobre el adorador de Liliana. Esto desata la batalla campal del barrio que recuerdan aún los vecinos de la calle. Los niños aquellos siguen peleando por años en las calles de la colonia San Rafael divididos en pandillas, en una iliada de barrio irrastreable para quien no recuerde aquel día de futbolito callejero en la privada que no sé si todavía se llama Tamarindo.

La generación de Olivares recuerda a este propósito la pelea entre los dos equipos de futbol americano que el *Pato* pastorea en la universidad y de quienes el *Pato* quiere que Liliana sea madrina. El capitán de uno de los equipos toma a Liliana de la mano, el capitán del otro le dice que la suelte. Lo que sigue es una batalla campal entre los dos equipos cuyos ecos el *Pato* tarda días en acallar dentro de la universidad.

Famoso es también el zafarrancho en un bailadero de la época llamado Jacarandas, porque Liliana vuelve del baño diciendo que un viejo la ha querido tocar. El *Pato* no ha llegado al lugar cuando eso sucede; está sólo el difunto Olivares a cargo de la cena, con otras muchachas de la escuela que ha enganchado. Liliana le dice al difunto Olivares lo que ha sucedido, pero el difunto Olivares ejerce el don que lo hará triunfar en la vida, que es no hacer nada, evitar el conflicto. Cuando el *Pato* llega y se entera, resulta que el viejo del baño está sentado en la mesa de al lado y sigue haciendo miradas y gestos invitadores a Liliana, en razón o sinrazón de lo cual el *Pato* se levanta de su lugar, voltea la mesa de al lado sobre el viejo y termina todo en la comisaría, donde el *Pato* saca ventaja pues tiene quien intervenga por él con un telefonazo.

Recordada es también la batalla del *Pato* Vértiz en el Buca Bar de la calle de Bucareli. Se enfrenta solo a una mesa de pandilleros de la vecina colonia Guerrero, que incursionan en el Buca Bar como quien viaja por primera vez a la Riviera Francesa. Ahí ven a Liliana bailando con el *Pato* y uno de ellos le pide que se las preste y la jala hacia él, mientras otro detiene al *Pato* Vértiz y uno más se sirve con las manos del cuerpo de Liliana, a todo lo cual el *Pato* reacciona tomando de una mesa una botella que rompe en la cabeza del pandillero que sostiene a Liliana y se voltea hacia los otros con el cuello de la botella todavía entre las manos, siendo el cuello de la botella ahora un tridente de cristales cortantes, a lo que los pandilleros reaccionan sacando sus navajas del pantalón. El *Pato* baila con ellos una danza de amagos hasta que los meseros acuden en tropel poniendo manteles y gritos de paz entre los rijosos. Debo confesar que cada vez que escucho esta historia admito que el *Pato* se jugó la vida donde yo quizá me la hubiera guardado.

A contrapelo de esta última afirmación, refiero el día en que Liliana y yo estamos comiendo en La Cava, junto a Ciudad Universitaria, en el sur de la ciudad. Lleva sólo unos meses de novia del *Pato* y ya trae tarjetas de crédito y billetes nuevos de alta denominación en una billetera también nueva. Paga ostentosamente y me dice que volveremos ahí alguna vez con su dinero. Al final de la comida va al baño. Un borracho se levanta de su mesa y se le para enfrente. Exige como derecho de paso que Liliana le dé un beso. Salto sobre el intruso con una silla en las manos. Lo dejo tirado ahí con la silla rota encima como un animal muerto por el asalto mortal de otro. Los amigos del ensillado saltan sobre mí, los meseros intervienen también. Terminamos en la delegación litigando agravios que se resuelven por el hecho de ser yo periodista y tener a mi jefe de redacción en el teléfono peleando por mi inmunidad.

A propósito de esta escena, sé que también se cuenta a mis espaldas, burlonamente, la leyenda de un supuesto escritor amigo de la familia al que Liliana hace como quiere. Las especialidades de este escritor con Liliana son el alcohol y los celos del hermano de Liliana, Rubén, quien golpea sañudamente al escritor, al punto de hospitalizarlo, el día que lo descubre desnudo con su hermana en el baño de la casa familiar. Es el mismo día, famosamente, que Liliana viene de su primera fiesta con la generación del difunto Olivares, fiesta donde baila y canta para los mismos ganapanes que recuerdan y cuentan después, multiplicada, la escena en que Liliana se sube a una mesa y empieza a quitarse la ropa hasta que el *Pato* se la lleva en vilo, sólo para que luego de un rato Liliana vuelva de la mano amorosa del *Pato,* y vuelva a subirse a la mesa para terminar su acto interrumpido. La anécdota se cuenta a propósito de que Liliana Montoya no tiene llenadero.

Un maestro de teoría del Estado que saliva por Liliana concluye, memorablemente, que Liliana esparce el efecto Hobbes. Se refiere a que Liliana devuelve a los varones el ánimo predatorio que les es natural, a partir de lo cual la vida amorosa vuelve a ser precaria y violenta, como quiere Hobbes, pero también intensa, llena de riesgo y del brillo de la gloria por la captura de la mujer deseada contra todas las reglas, antes de ellas.

Liliana tiene una peca nativa en la cintura, la mirada alerta, el talle de niña, el vientre con una ondulación leve. Su piel es lisa, su cuello largo, sus manos pequeñas, sus uñas comidas por sus propios dientes. Si se lo deja crecer, el pelo le cae recto sobre los hombros. Tiene los ojos de china, los labios delgados, los dientes blancos que asoman a su boca cuando da órdenes, a un mesero por ejemplo, como si se impulsaran junto con su voluntad hacia adelante.

Nada de esto tiene que ver con la belleza irresistible, salvo que es irresistible para muchos y, desde luego, para mí. Es la única presencia en cuya evocación puedo preguntarme por los destinos ambiguos de la belleza que le toca a cada quien. La forma en que la belleza vuelve a su poseedor un beneficiario cierto, pero también un trofeo codiciado, y un confuso verdugo de sí mismo. Pienso, he pensado estos años, en la naturaleza del amor esclavo que el *Pato* Vértiz padece por Liliana, veinte años menor que él. Además de repugnarme, me ha intrigado siempre la naturaleza de ese amor de viejo relativo, ese amor indigente y subordinado, capaz de atender como una orden la exigencia loca de su amante joven: "Consigue un pistolero para vengar a mi hermanita". Y el *Pato* consigue al pistolero. En su tercera narración del hecho, Liliana me ha dicho: "Nunca lo respeté desde entonces, porque no me cuidó: debió impedirme matar".

La diferencia entre el *Pato* y yo es sólo una: el *Pato* ha acudido al abismo de Liliana y ha pagado el precio. Yo no; tampoco he tenido a Liliana.

Para buscar a Liliana no tengo la pista familiar. La pérdida del trato con la familia Montoya, en tantos sentidos la mía, es uno de los costos sumergidos de mis tratos con Liliana. Mi amigo Rubén Montoya me echa de su casa el día que nos encuentra a Liliana y a mí en el baño con las faldas alzadas y los pantalones al tobillo. En aquel momento mis zapatos son una desgracia. Cada vez que recuerdo esa escena recuerdo mis zapatos sucios, de agujetas deshiladas. Rubén me saca a golpes del baño y de su casa. Cuando sabe que Liliana anda con el *Pato* Vértiz, la saca también a ella. Atribuye la liga de Liliana con el *Pato* a mi abuso previo de ella, mi inconcebible traición fraterna. En la cabeza de Rubén seré siempre la primera piedra de la ruina de Liliana. El primero que se salta las líneas. Un día lo encuentro en una librería. Pienso que va a agredirme, pero me hace un saludo con la cabeza. Coincidimos en la caja, al pagar. Leo mal sus gestos, creo que me abre una puerta. Le pregunto cómo está.

—Bien —dice.

Le pregunto cómo está Liliana.

—No sé —dice—. La he sacado de mi vida, como a ti.

Entonces veo en su mirada otra vez el odio frío, el agravio imborrable de mi incesto.

Rubén Montoya pelea por su hermana desde niño hasta que entiende que Liliana no es para él. Lo entiende luego de la pelea con un condiscípulo que lo tiene a su merced dos veces durante el pleito, pactado a la salida de la escuela, en el recodo de unas calles donde hay un redondel pequeño. Ahí se ponen los enterados de la escuela a ver cómo pelean sus compañeros, en la prueba radical de la masculinidad que es agarrarse a golpes sin reglas, a la vista de los otros, sus iguales. Rubén entiende desde los primeros movimientos que su rival es dueño de una superioridad secreta, que se ha entrenado para esto, para golpear impunemente a los cándidos compañeros de la escuela que aceptan citarse en el redondel a darse de golpes con él. Rubén recuerda ese momento como la primera revelación de que ha dejado de ser un niño y es un adulto, vale decir: que puede morir, que nada lo protege de morir, de que lo mate a puñetazos infantiles este condiscípulo con quien ha aceptado liarse a golpes en el redondel. Con la misma lucidez que entiende esto y la superioridad de los puños del condiscípulo con quien pelea en el redondel, Rubén recibe el primer golpe seco y mudo en la boca, el segundo resonante y sordo en la sien, el tercero asfixiante e inmisericorde en la nuez de la garganta, todos asestados con precisión inmutable por su condiscípulo, que se pone luego a horcajadas sobre Rubén, indefenso en el suelo, y se dispone a terminar su obra, cruzándolo a puñetazos contra la gravilla del redondel. Entonces sucede lo inesperado. Su condiscípulo no descarga sobre el rostro de Rubén el puñetazo que tiene preparado, el puñetazo que podría aflojarle los dientes o quebrarle el hueso del pómulo, sino que sólo finta que puede hacerlo, dejando el puño a un centímetro de la cara de Rubén. Se levanta y retiene también, luego de fintar su ejecución, la patada que podría poner en las costillas de Rubén, pues Rubén está en el piso, inerme de impotencia y lágrimas. Cuando lo levantan del redondel, Rubén ve a Liliana mirándolo desde la acera. La presencia de Liliana multiplica su humillación. Dorotea y sus amiguitos vienen a recogerlo. Son menores que él. Se siente un adulto ultrajado. Lo llevan del brazo a su casa, lo ponen en el sillón largo y viejo de la entrada. Liliana aparece con una palangana de agua caliente y empieza a lavarlo de sus heridas. Le dice lo que Rubén no ha de olvidar nunca: que está enojada con el condiscípulo porque le pidió que no peleara con Rubén ni lo golpeara, pues Rubén, le ha explicado Liliana al condiscípulo, se la pasa retando a quienes la pretenden a ella, pero no hay que tomarlo al pie de la letra, pues Rubén no habla por Liliana.

Rubén es una lástima de moretones y derrota, se ve mal de cuerpo, pero nada comparable a como se ve después, con la expresión desinflada, pálida y flaca de su rostro, cuando Liliana lo toma de las mejillas doloridas, lo levanta hacia ella, lo hace mirarla fijamente y mata su juventud con estas palabras: "Él me gusta, Rubén. No volveré a verlo porque te pegó. Pero me gusta. Como me gustan otros. ¿Puedes perdonarme que me gusten otros? ¿Que me gusten muchos? ¿Que me gusten mucho?"

Es así como entiende Rubén que su hermana no ha de ser para él. Liliana tiene trece años.

Hace mucho tiempo que no sé nada de la tribu Montoya. El azar viene en mi ayuda un día que voy al dentista. Leo en una revista del consultorio un reportaje sobre la entrega de diplomas a adolescentes geniales, adolescentes que han debido vencer la miopía de su medio. Entre los reconocidos está el hijo de Dorotea. Aparece con sus padres en una de las fotos del reportaje. Su nombre es Arturo Heisler Montoya. Es un muchacho alto y asténico, con lentes de miope que agrandan sus ojos tristes.

Este adolescente larguirucho es un superdotado matemático a quien han tratado de niño como un débil mental. Su padre, Arno Heisler Gotze, nacido en México, es el director de una firma farmacéutica alemana. Su madre, Dorotea Montoya Giner, es el hada que lucha por su hijo contra el medio, la madre que ve la luz del genio donde maestros y doctores han visto sólo autismo o variantes sorpresivas del síndrome de Down. Ahí está Dorotea en la foto. Es tan alta como su marido, pero los dos son menos altos que su hijo. Tiene los hombros anchos, los brazos largos, la frente clara, la mirada limpia, el pelo negro finamente arreglado que le descubre las orejas. Ni un rastro del *Catracho*.

Pienso en el hijo de Dorotea como en una iridiscente anomalía. Será como tener un bello monstruo en casa. Echo mano de mis mañas y rastreo la pista de los Heisler Montoya en el lugar que los premió. No me dan una dirección, la tienen reservada, pero sí un teléfono. Dorotea contesta al primer llamado. Cuelgo sin decir palabra. Una semana después llamo de nuevo. Contesta la muchacha. Pido hablar con la señora. Pregunta de parte de quién. Le digo mi nombre y mis intenciones. Digo que llamo a la señora porque quiero verla, después de tantos años. Doy así la oportunidad de que Dorotea se niegue a lo que quiero y también la de que acepte. Su voz es clara y dulce por el auricular cuando contesta:

—Serrano, qué honor. ¿A qué se debe el honor?

Respondo que a los honores recibidos por su hijo. Le cuento el cuento del consultorio, la revista y el diploma.

—Eres malo, Serrano, te perdiste sin decir adiós.

Le digo que tuve mi adiós con Rubén.

—Pero no con nosotras, Serrano. ¿Vas a venir a verme?

Le digo que para eso le llamo. Me da una dirección, un día y una hora.

Voy el día que me pide, a media mañana. Vive en una casa enorme en una de las zonas más ricas de la ciudad. El lindero norte de la casa es el principio de un bosque. Me sienta en una sala de sillones blancos de cuero. Es una mujer distinta de la que recuerdo, una mujer madura. Yo recuerdo a una muchacha. La muchacha está todavía ahí cuando la mujer madura se ríe de lo que dice y la alegría viene por ninguna razón a sus ojos. La mujer madura en cambio tiene sombras en la frente por razones internas tan incógnitas como las alegrías.

Me hace repetirle el cuento de la revista, el diploma y el consultorio. La felicito por su hijo. Asiente y sonríe. Se ha dedicado a salvarlo de la incomprensión del mundo, dice. Ella ha salvado a su hijo; a ella la ha salvado la fe. Le pregunto si es creyente.

—Tengo mi propia iglesia.

Lo que me dice es una anomalía. No hay creyentes ni iglesias en la familia Montoya, toda ella emanación de los genes y los libros jacobinos del doctor Montoya, un descreído.

—Tengo todo y nada que hablar contigo —dice—. No debería verte después de lo que le hiciste a mi hermana.

Digo que nada le hice a su hermana.

—No la salvaste, Serrano. Eso le hiciste. No te quedaste con ella.

Digo que no fui requerido: una mentira. Añado una verdad: Liliana me da miedo.

—Pero vienes a buscarla —dice Dorotea—. ¿A qué vienes si no a buscarla?

No respondo; le pregunto cómo está.

—¿Lo ves? —dice—. ¿Lo ves? Vienes a buscarla. Y a que hablemos de ella. Del *Pato* y de eso. Pero no quiero hablar de eso.

Acaba sin embargo hablando de lo que llama *eso,* salvo que su *eso* es distinto del mío. Su *eso* es el amor del *Pato* y Liliana. Dice con extraña alegría:

—Creo que eran felices hasta que mi hermana perdió el primer bebé. Cuando perdió el segundo, se acabó. No podía ver al *Pato.* ¿Te lo contó alguna vez? ¿Nunca? Qué tonta, se hubiera consolado. La consolaba pensar en ti; decía que tú y ella eran asignaturas pendientes. Tú y ella. Uno de otro. Y que, cuando todo estuviera perdido, todavía quedarías tú. Pero te le fuiste, Serrano. Y ella te dejó ir. Qué tonta. Yo te hubiera amarrado.

Pregunto si he oído bien que Liliana perdió un bebé.

—Dos.

Pregunto cuándo.

—Cuando andaba con el *Pato.* Uno, a los dos meses de embarazo. Otro muy mal, a los cuatro meses. Quedó sellada.

Pregunto si los perdió o los abortó.

—Los perdió, Serrano; la duda ofende. En mi familia no se hacen esas cosas.

Pregunto qué quiere decir "quedó sellada".

—No puede tener niños. No pudo. No tiene.

Pregunto finalmente dónde está Liliana.

—No sé. No sé nada de ella.

Sus ojos se llenan de lágrimas. Llora bien, Dorotea, conmovedoramente. Pero a mí sus lágrimas me irritan.

Le propongo que hablemos del *Catracho*.

—¿El *Catracho?*

Le recuerdo: su amigo el *Catracho*.

—No tengo ningún amigo *Catracho*, Serrano. Para empezar, ¿qué quiere decir *catracho*?

Le digo que es apelativo de hondureño, como azteca de mexicano. ¿Puede hablarme de su novio el *catracho*, el hondureño?

Se ríe en mi cara:

—¿Cuál novio, Serrano? No tengo novios; soy una mujer casada.

Insisto en que su novio de la adolescencia, el *Catracho*.

—No tuve un novio en mi adolescencia. ¿De qué me hablas, Serrano? Mi primer novio lo tuve a los veinte años, y es mi actual marido. ¿Qué fumaste?

Le digo que averigüé lo del *Catracho*, que tengo los detalles. La fecha, el expediente, la versión del policía que llevó el caso.

—¿Cuál caso, Serrano? ¿Cuál fecha? ¿Cuál policía?

Me retiro del tema. Entiendo que la visita ha terminado de la peor manera, pero Dorotea la prolonga, insoportablemente. Dice que quiere mostrarme su casa. Me la muestra. En la planta baja hay la sala donde estamos, luego otra sala, luego un comedor junto a la cocina, con un antecomedor. Frente al comedor hay un estudio con libreros de piso a techo. El estudio de Arno, explica Dorotea. Tiene un biombo hindú. La cocina abre a una terraza que mira a una alberca y al jardín. Al final del jardín empieza un bosque. Cruzamos el jardín. En el lindero hay una caballeriza, un picadero y un chalet para visitas. El hijo de Dorotea monta un caballo que se llama Perelman. Me habla de todo esto, cosa por cosa, como una guía de turistas. Regresamos hablando de su hijo genio. Vive para él, piensa que algo de su padre el doctor Montoya ha vuelto en ese muchacho, aunque Dorotea no conoció a su padre. Ya estamos en la puerta. Me agradece la visita. Parpadea cuando me da la mano para despedirnos. Parpadea otra vez al cerrarme la puerta. Parpadea cuando la recuerdo.

La noche que visito a Dorotea tengo un sueño que apunto en mis cuadernos. "Veo a Dorotea yéndose a un bar de mala muerte y salir con un galán de mala muerte para meterse a un hotel de mala muerte de donde regresa pintada a su casa."

Me llama *Felo* Fernández para saber de qué hablé con el comandante Neri. Digo que de un caso policiaco con el que pienso vestir una novela. Me dice que Neri fue a ver al *Pato* Vértiz. Le dijo que había hablado conmigo y le pidió dinero. *Felo* quiere saber qué hablé con Neri.

No quiero decirle. La historia del *Catracho* es un secreto entre Liliana y yo (y el *Pato* y Dorotea). Está claro que no soy confiable guardador del secreto; lo he puesto en la mira al menos de otros dos: Antúnez y Neri. Antúnez es dueño de Neri. Neri le habrá dicho a Antúnez lo que habló conmigo. Los dos se habrán preguntado por mi interés en el caso y habrán subido las antenas. Neri como policía que huele dinero en enigmas no resueltos. Antúnez como político que huele miseria humana donde puede medrar. Pienso en esto mientras *Felo* me explica que Antúnez odia al *Pato.* Le tiene un robusto odio generacional. En su visita al *Pato*, Neri menciona a Antúnez como la gente que lo puso en contacto conmigo. El *Pato* teme que Neri sea el emisario de una nueva maniobra de Antúnez contra él. Mientras *Felo* dice esto, entiendo que he apretado de más el tubo de la pasta de dientes, cuyo contenido, una vez fuera, no hay cómo regresar. Es lo que los grandes estrategas de la historia conocen bajo el rubro de "consecuencias no buscadas": quieren destruir una fábrica de armas y destruyen también una escuela llena de niños. Quieren adelgazar a una gorda infeliz y la vuelven una anoréxica suicida. Investigo la muerte del *Catracho* y revivo a un policía extorsionador y a un político que odia al *Pato* tanto como yo, pero con ganas de que su odio tenga consecuencias.

El *Pato* está temblando, dice *Felo.* Quiere saber lo que me dijo Neri y lo que le dije a Neri. Entiendo que el *Pato* no ha confiado a *Felo* nuestro gran secreto del *Catracho* y que *Felo* no ha confiado al *Pato* que fue mi intermediario con Antúnez.

A este propósito me dice *Felo:*

—Cometí un grave error acercándote a Antúnez, líder. Tiene con el *Pato* una historia de amistad vuelta odio. La peor que hay. Antúnez creció en la política por el *Pato.* Luego se quedó con el puesto que el *Pato* necesitaba. Pensé que sería un odio pasado, pero no. Sigue a fondo, cosa que subestimé. No te pido que me ayudes a despejar esto. Te pido que hables con el *Pato* y le aclares lo que puedas. Sé que abominas al *Pato;* no eres el único. Pero el *Pato* de hoy es un pobre tipo al que la vida le ha traído todo lo malo que se le pueda desear. Es un Job sin fe, líder. Una ruina.

Me gusta lo que dice *Felo* pero no me convence. Lo que me convence es la idea obscena de constatar por mí mismo la decrepitud del *Pato* Vértiz. Manes de la mala leche: la mala leche como voluntad y como representación.

Acepto ver al *Pato* en un Sanborns de la calle de San Antonio, cerca de mi casa. Entra mirando a los lados y hacia atrás como si creyera que alguien lo sigue. Ya he descrito al *Pato.* Tiene los dientes sucios, la nariz abollada, pecas negras en la calva cetrina, una panza de séptimo mes de embarazo en un cuerpo de hombros cargados. Trae en la mano un libro mío que acaba de comprar. No le ha quitado el plástico todavía. Quiere que se lo dedique en recuerdo de los buenos tiempos. No tengo buenos tiempos que recordar con él, pero se lo dedico en recuerdo de los buenos tiempos que son los que transcurren ahora que lo veo jodido. Pienso que si yo fuera Antúnez estaría gozando este momento. No soy Antúnez pero lo estoy gozando. Luego viene la conversación.

Empiezo disculpándome por haber atraído la mirada de Neri y Antúnez sobre "nuestro asunto". "Nuestro asunto" es la fórmula que propongo para referirnos al asesinato del *Catracho*. Le cuento mi encuentro con Neri, lo que le pregunté y lo que Neri me dijo que recordaba de ese día. Digo que Neri no recordaba bien cuando hablé con él quién era el tipo que fue con la muchacha a atestiguar al muerto. Le digo que quizá Neri hizo un esfuerzo por recordar, lo recordó a él y fue a pedirle dinero en memoria de los buenos tiempos.

—Neri no tenía nada que recordar —me dice el *Pato*—. Lo recordaba todo perfectamente.

Sus palabras interrumpen mi condescendencia. Le pregunto si conocía a Neri.

—Me extorsionó durante años —dice el *Pato*.

Mi sorpresa debe ser mayúscula, porque el *Pato* adquiere ahora la actitud condescendiente con la que yo empecé nuestro encuentro. Dice:

—Te lo voy a contar, escritor. Voy a contarte lo que sé de "nuestro asunto". ¿Puedes oírme hasta que termine?

Asiento desconcertado: de pronto el *Pato* tiene el mando del juego al que entró dominado.

—Lo primero, escritor, es que yo no ordené nada en "nuestro asunto". Recibí una petición absurda de Liliana a ese respecto. La ignoré primero para evitar líos. La atendí después para evitar líos. Como dice el dicho: más vale prometer que lamentar. O como se diga. Yo tenía conocidos en el gobierno de la ciudad. El procurador, que en Dios descanse, mi amigo. Había colocado con él a Antúnez, uno de mis validos. Fue a Antúnez al que le pedí como cosa mía que como cosa suya averiguara si había algún grado de verosimilitud, no digamos de verdad, en la historia del supuesto *Catracho*. Le di los datos que me dio Liliana. Todas cosas vagas, salvo la dirección del leonero nada menos que en la colonia San Rafael, la misma que me dio Liliana. Antúnez me preguntó para qué quería encontrar a esa lacra. Incurrí en el error de decirle que era una cosa personal, que había una afrenta de familia y que la familia quería vengarse. Él entendió lo que quiso entender; entre otras cosas, que mi petición de actuar iba implícita en no pedirle nada. Porque nada más le dije que investigara; no le pedí que hiciera nada. Como al mes le pregunté si sabía algo, algún resultado de aquello. Nada más le pregunté, no le pedí nada. La siguiente cosa que supe por Antúnez es que al *Catracho* lo habían matado esa tarde. "Misión cumplida", dijo Antúnez, y preguntó por mi siguiente instrucción. "Ninguna instrucción, Antúnez, no te di ninguna instrucción", le dije. "Tácitamente", me dijo este cabrón. "Tácitamente mis güevos, Antúnez", le dije. "¿Qué hiciste, cabrón?" Pues había mandado matar al *Catracho*. Me envió las fotos para calmarme. O para enloquecerme. Se las llevé a Liliana esa misma noche.

Hace una pausa teatral. Le pregunto cuál fue la reacción de Liliana ante las fotos. Me contesta:

—Se le mojaron los ojos de rabia.

Le pregunto si Liliana le creyó. Titubea pero dice:

—Me creyó.

Le pregunto si, aunque le creyó, Liliana le pidió que la llevara a ver el cadáver.

—No, escritor. Estás loco. ¿Quién te dijo eso?

Le digo que me lo dijo Liliana.

—¿Borracha? Borracha decía eso y mucho más. Llegó a decir que ella dirigió la ejecución. Puras pendejadas, escritor, no hagas caso de nada de eso. La cosa no fue así.

Toma un sorbo de café, lo hace pasar con dificultad por su cuello de guajolote, se recompone en la silla antes de hablar otra vez:

—Liliana inventaba, escritor. Nuestra Liliana inventaba. Inventa. Se moría por ser una mujer fatal. Por eso anduvo conmigo. Por hacerse la grande, la mayor. Nada de eso sucedió. Lo de Liliana conmigo fue más simple, muy básico. La saqué de su casa, le di dinero, le mostré el mundo, se aburrió de mí y siguió su camino. Ojalá hubiera yo tenido un muerto en medio de nosotros. Un muerto hijo de nuestra complicidad, de nuestro amor. No la hubiera dejado ir. Todavía sería mi prisionera. Liliana fue lo mejor de mi vida. Mira.

Echa la mano a la bolsa trasera de su pantalón y saca su cartera. De un pliegue oculto de la cartera, que es todo un palimpsesto, saca una foto envuelta en unos papeles ajados. Me muestra la foto borrosa, en blanco y negro, donde Liliana lo está abrazando. Él mira directo a la cámara, sonriendo con suficiencia. Ella lo está besando en la oreja, como los tenistas ganadores besan la charola de Wimbledon.

—Esto fue ella para mí mientras duró —dice el *Pato*—. Mira mi cara de felicidad —veo su cara de suficiencia—. Eso fue mientras duró. Dura todavía para mí. En esa foto. Nada más. No le busques moros a los tranchetes, escritor.

Tiene el don de trastocar refranes, en fallida imitación de *Felo* Fernández, rey en la materia, modelo de su generación ("El poder ofusca a los inteligentes, líder, y a los pendejos los vuelve locos").

Le pregunto qué tiene que ver Neri en esto.

—Neri fue mi cicerone en toda esa triste aventura. Él me llevó a ver al *Catracho* la noche que lo mataron.

Le vuelvo a preguntar si fue esa noche con Liliana.

—Ya te dije que Liliana inventa, escritor —dice el *Pato*—. Se hace la mayor.

Acepto sin conceder lo de Liliana. Le pregunto si esa noche en el leonero vio muerto al *Catracho*.

—No tuve estómago para verlo, pero estuve en el lugar, preferido por Neri y por Antúnez.

Dice "preferido" queriendo decir "protegido".

Pregunto si habla del mismo Neri que conozco, del que estamos hablando.

—El mismo —dice el *Pato*—. Y del mismo Antúnez, el hijodeputa que me mandó a Neri. Ya era entonces mi enemigo, escritor. El ojete de Antúnez, mi mímesis —quiere decir némesis—. Y el cabrón de Neri me tomó fotos, con las que me chantajeó después.

No le creo al *Pato* la mitad de lo que dice. Mejor dicho, no le creo lo fundamental. Creo que el fracaso y la mala fortuna le han dado ocasión de arrepentirse de sus actos, pero sus actos están ahí, sugeridos por él mismo. No instruye a Antúnez sobre lo que debe hacer pero le instruye que lo haga, de modo que él pueda retractarse si las cosas salen mal.

Lo que sigue no es claro: es el dilema y el enigma de esta historia. Las posibilidades son dos.

Una: Antúnez hace lo que el *Pato* le pide, mata al *Catracho* y le hace llegar luego la noticia de que se han cumplido sus órdenes. Se asegura luego de tener testigos, para lo cual utiliza a Neri, que lleva al *Pato* y a su acompañante al sitio del crimen y les toma fotos.

Dos: Antúnez no hace lo que el *Pato* le pide, pero la casualidad trae a su escritorio la noticia de que hay un muerto que corresponde al que le ha pedido el *Pato*. Asume el asunto como ordenado por el *Pato* y dice al *Pato* que ha cumplido sus órdenes. Se asegura de tener testigos de que el *Pato* ha pedido el cadáver mediante la complicidad de un aprendiz de policía, Neri, que lleva al *Pato* y a su acompañante al lugar del crimen y les toma fotos mientras ven al muerto.

En ambas hipótesis, el juego cambia de dueño. El *Pato* queda en manos de Antúnez, su subordinado, quien se cobra la deuda después, tornando en venganza su obediencia.

Lo que me interesa de la versión del *Pato* no es su autoexculpación, sino la angustia que lo come por dentro mientras habla de aquel momento oscuro. La emoción central o la revelación que sube hasta mí de la indefensión del *Pato* no es que ha sido inocente en aquella jugada, sino que fue responsable activo en su calidad de jefecillo desafiado por la amante. En medio de su desesperación amorosa, quiere probarse que tiene los tamaños del hombre fuerte y sin escrúpulos que dice ser. Pero no lo es. El hecho central de su confidencia esta mañana en Sanborns es que el homicidio, del que se siente causa eficiente, lo destruye. La pasión por Liliana lo lleva a sugerir la ejecución de un crimen para el que no está hecho. Es un pillo promedio, un corruptor, y cree que puede ordenar un homicidio. Pero no puede. Como a Macbeth, el homicidio le roba el sueño, toca el fondo moral de un hombre profundamente inmoral. Su cómplice, Antúnez, el verdaderamente desalmado, se queda con su vida.

Pienso que puedo aliviarle la vida al *Pato* contándole lo que me ha dicho Neri. A saber: que Antúnez le vendió una ejecución falsa, que al *Catracho* lo matan de pasada: no porque el *Pato* se lo pida a Antúnez, su preferido y su protegido, su mímesis y su némesis, sino porque una pandilla de policías quiere limpiar de testigos un asesinato mayor. Pero no le digo nada. Si a alguien puede aliviar este conocimiento, no quiero que sea al *Pato* Vértiz.

Dedico los siguientes días a revisar libros y crónicas de aquellos sórdidos días de la ciudad de México, olvidados para mí. Aparecen con toda crudeza los usos y costumbres policiacos de la época. Desde luego alguien tendría que hacer la antropología o la historia, o simplemente la denuncia de aquellos usos y costumbres mediante los cuales una pandilla de policías puede ejecutar a un delincuente, si la sociedad con influencia solicita una venganza privada en el separo policiaco correspondiente. Abandono rápido estas averiguaciones. Bastan para convencerme de que la versión de Neri sobre lo sucedido es la más cercana a la verdad, pues es la más sencilla y la más acorde con su tiempo: al *Catracho* lo mataron de pasada en el inicio de una cacería mayor.

Dorotea es la menor de los Montoya. El mayor es Ángel, nacido en 1940, doctor como su padre. La segunda es Matilde, 1941, enfermera como su madre. La tercera es Arcelia, 1942, que muere bebé. La cuarta es Arcelia segunda, 1943, que repone a la Arcelia muerta. El quinto es Antonio, 1945, que padece retraso mental. La sexta es Regina, 1946, que se casa bien dos veces. La séptima es Margarita, 1948, que muere niña. El octavo es Sigfrido, 1950, que es químico y emigra a Colonia. El noveno es mi amigo Rubén, 1952, que se dedica al teatro. El décimo es Ricardo, 1954, mellizo de Liliana, muerto en una peregrinación a Chalma. La onceava es Liliana, melliza de Ricardo, 1954, que preside esta historia. El doceavo es Teodoro, 1955, que se hace antropólogo y vive entre los mazatecos. Pasan cinco años en la familia Montoya antes de que nazca la treceava: Margarita segunda, 1960, que repone a la Margarita muerta, y la número catorce: Dorotea, 1961, cuya historia también exploramos aquí. A los dos años de nacida Dorotea, muere el doctor Montoya, su padre, de una embolia. Liliana tiene nueve; Rubén, once, yo igual.

No lo decido realmente; de pronto estoy diciéndole a *Felo* Fernández que necesito alguien que investigue a Dorotea. Me dice que sabe de un tipo cuyo nombre de guerra es Malaquías. Me hace llegar una tarjeta de negocios que dice:

Investigaciones 360.
Malaquías (el Ojo de Dios)

El 360 quiere decir que la mirada de Malaquías es circular, es decir, que usa todos los medios para espiar: seguimiento físico, intercepción telefónica, intervención digital, videograbación en casa, fuera de casa, y trabajo.

Malaquías es un gordo pausado y marmóreo. Habla como a través de un micrófono de seguridad. Pregunta:

—¿Cuánto espionaje quiere?

Pregunto a mi vez cuánto espionaje puede ser.

Pregunta:

—¿Quiere conocer dentro o fuera de la casa?

Me encanta la palabra *conocer* usada para estas cosas. Me asusta la palabra *dentro*. Soy un espía con escrúpulos; digo que sólo afuera.

Pregunta:

—¿Seguimiento?

Asiento a la técnica del seguimiento.

—¿Fotos y videos del seguimiento?

Asiento a los recursos de fotos y videos del seguimiento.

—¿Intercepción de teléfonos?

Intercepción de teléfonos, no. Me asusta la intercepción de teléfonos. Soy un espía con escrúpulos.

—¿Sitios o actividades especiales que seguir?

Digo por fin que no busco en realidad a Dorotea, sino a su hermana.

—¿Nombre de la hermana?

Cuando Malaquías acaba de preguntarme lo que quiero saber me doy cuenta de lo mucho que sé de Dorotea, de lo poco que me falta para dar con Liliana. Ese poco que falta es el que quiero que ponga Malaquías. Es otra forma de aplazar lo único que busco realmente y que no me atrevo a decir: encontrar a Liliana.

Felo Fernández me ha dicho que Malaquías es un principiante. Lo esperable es que cometa errores de principiante, pero es el único Malaquías que conoce.

La mayor y hasta ahora la mejor parte de la técnica de espionaje de Malaquías es seguir. Sus intercepciones telefónicas dejan mucho que desear. Es él mismo quien me dice esto, confesión de debilidad profesional que, curiosamente, mejora mi confianza en él. Sobre todo porque no le contrato las intercepciones telefónicas. Soy un espía con escrúpulos.

Malaquías desoye mi negativa y hace la intercepción del teléfono de Dorotea. Descubre que Liliana le llama a Dorotea cada semana. Lo regaño, lo insulto, casi lo golpeo cuando me lo dice, pero acepto oír su cinta clandestina. La conversación tiene lugar días después de mi visita a Dorotea. Dorotea dice:

—Vino tu viejo novio a joder.

Algo que se parece arrolladoramente a la voz de Liliana responde del otro lado:

—Él siempre iba a volver.

Malaquías me pregunta si reconozco en esa voz la voz de la persona que busco, Liliana Montoya. Digo que sí. Me pregunta si quiero conservar la cinta, aunque no está contratada: no tendrá cargo extra. Asiento de nuevo. Me pregunta si quiero que siga grabando las llamadas telefónicas.

Regreso a mi condición de espía con escrúpulos; digo que no.

En la grabación de Malaquías hay este diálogo:

—Vino tu viejo novio a joder.

—¿Cuál?

—Aquél.

—Qué tierno. Él siempre iba a volver. ¿Cómo está?

—Viejo y flaco.

—Pobre. ¿Cuándo vino?

—Hace tres semanas.

—¿Por qué no me habías dicho?

—Es la quinta vez que te lo digo. ¿Por qué no apuntas las cosas en el cuaderno?

—Odio el cuaderno. ¿Cuándo vienes?

—El mes entrante.

—¿Vas a traer lo que dijimos?

—Está prohibido lo que dijimos.

—No le hagas caso a lo que te prohíben aquí, Dorotea. Están locos aquí, piensan que estoy loca.

La llamada que reporta Malaquías enlaza el celular de Dorotea con el teléfono de un pabellón psiquiátrico del Sanatorio Miranda, el hospital donde piensan que Liliana está loca. Tardo un mes y tres intentos en llegar al mostrador del pabellón psiquiátrico. Por intentos quiero decir que tres veces llego al estacionamiento del hospital y tres veces me arrepiento de seguir adelante. Finalmente llego. Atiende el pabellón una güerita aniñada cuyos ojos brillan como si tuviera un secreto. Pienso que sabe quién soy, a qué vengo y cuántas mentiras estoy dispuesto a decir.

Me gustan los hospitales donde hay todavía árboles y espacios al aire libre. En el Sanatorio Miranda hay eucaliptos, prados largos y andadores ondulados entre los edificios de cada especialidad. También hay gatos tomando el sol. Gatos gordos y dormilones. Algo polvosos también.

No sé de otro hospital donde haya gatos. Aquí cumplen funciones venatorias contra ratas y alimañas. No hablemos de los pájaros. Tengo sentimientos mezclados con los gatos; envidio la soberanía y la concentración de sus miradas. Quisiera tener ambas para hacer sin titubear lo que hago tartamudeando: preguntar en el mostrador por la paciente Montoya, declararme su pariente. Quisiera poder lamerme el bigote y mirar fijamente a la rubita feliz que me mira por encima de sus anteojos de carey pálido, desde sus ojos luminosamente aguamarinos. Me dice que mi paciente está en el Patio 1 y me pregunta si sé cómo ir. Sin esperar que le conteste dice que debo salir por donde vine, dar vuelta a la izquierda por el andador de ladrillo rojo que dice "Patio 1" y seguir por ahí hasta la puerta, donde hay otro mostrador como el suyo, y en el mostrador una compañera como ella a la que debo preguntar de nuevo.

Recuerdo haber visto el letrero del Patio 1 cuando venía al mostrador, así que voy de regreso al lugar de mi recuerdo y encuentro el letrero. Tiene una flecha que sigo, caminando junto a una pared que se interrumpe en una alambrada. La alambrada sigue hasta el lindero del hospital, un gran muro de ladrillo con torrecillas como almenas. Por ahí no se puede entrar, pero los rombos minúsculos de la alambrada dejan ver hacia un patio con jardines secos y senderos de cemento en forma de eses. Por ahí deambulan en falsa paz o toman el sol los pacientes del psiquiátrico, normalmente acompañados de enfermeros. En las curvas de algunos senderos hay pacientes sentados en sus sillas de ruedas. En una de esas sillas, custodiada por una apacible enfermera tetona, creo ver a Liliana. Mira fijamente el muro del fondo que cerca el hospital. Tiene el pelo a los hombros y un fleco que mueve el viento, la nariz recta y afilada, los pómulos pálidos, la frente amplia por una incipiente escasez de pelo o por su fleco diminuto que aparta el viento. La espalda de la Liliana que está sentada en la silla es recta como el respaldo de la silla. Su cuello es largo, su talle es alto y armonioso en el corsé de la silla, sus muslos y sus rodillas bajo la bata blanca de paciente tienen una redondez atlética, lo mismo que sus pantorrillas, fuera de la bata. Son esas pantorrillas morenas, pulidas, como acabadas de bañar en crema, las que prenden mi contemplación. Precisamente en ese momento Liliana mira al lugar de la alambrada donde estoy, como respondiendo a la electricidad de mi propia mirada. Da una cabeceada de pájaro loco y alza una mano de foca que me saluda diciendo: "Eres tú".

Desde luego soy yo, pero no sé si es ella. Mejor: quién sabe quiénes somos los que nos hacemos gestos a la distancia de quince metros que hay entre el sendero donde está Liliana y la alambrada donde estoy yo.

Pasan cosas raras en mi cabeza. Mientras Liliana me saluda recuerdo la historia de la esposa de uno de los sucesores del *Pato* Vértiz. Al saber que su marido anda con Liliana, la bruta se tira por un risco vecino de la Quebrada, en Acapulco. Otra versión la despeña de un lomo de la montaña rusa de Chapultepec. Otra, más literaria, sobre las vías del tren de Nonoalco Tlatelolco donde Ixca Cienfuegos dice en una novela de Carlos Fuentes: "Aquí nos tocó vivir".

Regreso por donde vine al mostrador de la rubita flaca y voy por donde me dijo. Llego al mismo Patio 1 pero ahora por dentro de la alambrada. Voy al sendero donde está Liliana. Lo primero que veo y quiero ver cuando me acerco de espaldas a ella son sus muslos llenos bajo la bata y sus rodillas lubricadas, sus chamorros morenos fuera de ella. Está descalza, el arco de su pie es alto, su tobillo grueso, sus plantas amarillas, el dedo gordo un émbolo en el que está engastada una uña plana con un inesperado, radiante, color cereza. El dedo gordo pintado me hace desfallecer de ganas de besarla.

Camino hasta ponerme frente a ella y la miro de frente. Ella me mira también, sonriendo como después de un esfuerzo logrado. Está afilada por la edad y por el mal que la aqueja. Mejor: por su cura. Las pastillas que toma la tienen comiendo poco, durmiendo mucho, pretendiendo nada. Su cura es un presente químico perfecto: resignación sin ansiedad. El régimen vacuno la tiene sosegada.

A mí, qué puedo decir, me parece más bella que nunca. Un poco idiota, sin la vieja llama, pero, a falta de la llama, su cara sin sombras, el fulgor juvenil de su belleza: aquella belleza inicial de su rostro, todavía no manchada por la vida, no deformada ni embellecida por ella. Quiero decir que es más hermosa que nunca y menos deseable que nunca. Neutra, pura, abstractamente bella. También: sedada, diáfana, ayuna de guerra y deseo. Hay un vacío de vidrio en su mirada. Como si se le hubieran endurecido las córneas. Aun así, aquella fijeza de vidrio tiene la luz conmovedora, serena, del sufrimiento detenido.

Recuerdo entonces, frecuente como soy de recordar, la primera vez que vi a Liliana del brazo del *Pato* Vértiz en la universidad. Su rostro tenía aún esa nitidez que ha recobrado ahora. Verla entonces del brazo del *Pato* enciende en mí la rabia del hermano que ve a la hermana borracha, pintarrajeada, vendiéndose en una esquina. Pero ese día Liliana no está borracha ni pintarrajeada, sino resplandeciente. Camina junto al *Pato* bien peinada y bien vestida, con la prestancia de una novia joven, dócil y orgullosa, bajo el mando indiferente de su pareja. Tampoco es vergüenza de hermano lo que tengo, sino despecho de rival vencido. La escena consuma horrendamente mi decisión de perderla. Soy yo quien la deja ir, quien la pone en los brazos del *Pato* Vértiz. No tengo el valor de medirme con ella, de correr la aventura que hay en ella de querer ir más allá, probarlo todo, salir radicalmente de sí misma, del lugar que le toca en el mundo.

Recuerdo haber corrido mucho tiempo de un grandulón de la escuela que me pegaba cada vez que me veía. Corrí de él un año entero hasta que dejé de correr. Entonces dejó de pegarme. Decido que no volveré a correr de Liliana Montoya.

Cuando me acerco, le dice a la enfermera que nos deje solos. La enfermera se retira. Liliana no se levanta de su silla. Me pide que me acerque, pone la cara junto a la mía y dice:

—Sácame de aquí, Serrano.

Su mejilla es fría, tiene un velo de sudor. Me toma de la nuca con la mano y me detiene junto a ella. Luego me huele el cuello debajo de la oreja. Sigue oliendo hacia mi pecho sobre la camisa. Me huele la axila bajo el saco. Concluye:

—Nadie te cuida y no te cuidas tú. Sólo te has cuidado de mí.

Se para de su silla, me toma de la mano y empieza a caminar. Caminamos por el Patio 1.

Dice:

—Te diría que me sé este patio de memoria, Serrano. Pero no me lo sé. No hay nada digno de ser memorizado en este patio.

Advierto que he dejado de ser Serranito. Ella también ha dejado de ser lo que es.

—¿Qué quieres saber de mí, Serrano? Estoy en plan de contarte todo.

Me entero de que el *Pato* Vértiz la visita. Se lo ha ocultado a *Felo* Fernández. También la visita Dorotea, que me lo ha ocultado a mí. Tienen vergüenza de su enfermedad, dice Liliana. Pregunto cuál es su enfermedad.

—Me prendo y me apago, Serrano. Voy del cielo al infierno. Para curarme me tengo que quedar flotando en medio, pero en medio no hay nada. Aquí, como me ves, estoy en medio de nada.

La veo esplendorosa, ya lo dije. Fresca, restaurada.

El sol es fuerte, como es normalmente el del altiplano. Le hace fruncir el ceño cuando voltea a mirarme, pero ni el sol ni el ceño fruncido ensombrecen su gesto o endurecen su mirada, que tiene, ya lo sugerí, el brillo del sufrimiento detenido. En otro rostro ese rasgo sería angustioso; en el de ella es adorable.

Explica: su mal es crónico y cíclico, se corrige con pastillas hasta el punto de corrección que tiene ahora.

—Mi juego es malo, Serrano. Mi salud se llama tedio. Es igual a tedio. Sólo puedo estar sana si me aburro. La buena vida para mí es la vida sin sabor. Y la vida sin sabor es una felicidad aburrida. No hay angustia, no hay dolor. Tampoco ganas. Ni fiesta. No hay nada que quiera fiesta en mí. Ahora soy la mujer que quieres. Pero no la mujer que te quiere porque la que te quiere es la loca,

Serrano. La que soy ahora nada más te recuerda como a un hermano. ¿Ves qué triste?

Me dice que es la tercera vez que está en este pabellón desde la última vez que nos vimos, hace cuatro años. La primera de esas tres veces fue a resultas del encuentro que tuvimos y no tuvimos, el día que vino a la presentación de mi libro sobre Huitzilac. Su explicación de por qué no me esperó aquel día tiene una falsa profundidad.

—Te sentí tan lejos de mi vida, Serrano, que me dio la colerina. Y luego la lloradina. Dije: me va a humillar, me va a decir que conmigo no, y esta vez tendrá razón. Porque habías cambiado, Serrano. Ya no eras mi Serranito: eras Serrano. La verdad: te tuve miedo.

No compro esa latería. Mi silencio es elocuente. Ella completa su explicación:

—Me urgía un trago. Fui al bar del hotel a tomarlo mientras terminabas. Desperté tres días después en casa de Dorotea. Preguntando por ti.

Mi silencio es elocuente también ahora.

—No me odies, Serrano. Sácame de aquí.

Mis agendas dicen que el día en que encuentro a Liliana en el jardín de su hospital es el 4 de noviembre de 1999. Empiezo a visitarla desde ese día, al menos una vez a la semana. Me recibe pegándose a mi cuerpo y diciéndome al oído:

—Sácame de aquí.

Puedo sacarla, en realidad nadie la detiene. Vive bajo medicación estricta pero puede entrar y salir del hospital cuando quiera. Dice la verdad cuando dice:

—No estoy internada aquí, Serrano; estoy hospedada, descansando. Me siento una morsa recién parida de lo cansada que estoy. Debo haber parido una manada.

Ya es parte del paisaje del sanatorio. En los últimos tiempos ha estado más tiempo aquí que en la calle. Lleva cuatro internaciones en cuatro años.

La primera para evitar que pasara en la cárcel un juicio por lesiones y atentado a las vías generales de comunicación. Al final de una noche loca embistió dos coches y montó el suyo en la palmera de una glorieta de Reforma. Su estado general de conciencia al ser recogida es de una euforia delirante, manifiesta en una aceleración de los procesos del habla que los manuales especializados llaman taquipsiquia, lo que quiere decir que habla como lora, disparatadamente y sin parar. Conozco ese síntoma. Mi experiencia de la taquipsiquia de Liliana es por efectos de la cocaína. Me he beneficiado de ella alguna noche en que le da por explicarme las guarradas que quiere hacer con mi cuerpo mientras las hace.

El ministerio público concede la hipótesis atenuante de insania o locura, y ordena la reclusión obligatoria de Liliana en una institución mental. Esto facilita el juicio absolutorio, aunque hace a Dorotea responsable de la paciente hasta su alta.

Desde entonces Liliana vive bajo medicación y juicio médico. Los médicos no recomiendan para ella salidas largas del hospital. Las estimulaciones prolongadas del exterior ablandan su disciplina. Más temprano que tarde deja la medicación y entra al paso de la vida. El paso de la vida la pone loca de nuevo, a veces loca de muerte, y la regresa al hospital. Las dos últimas veces ha sido traída al hospital por la fuerza, mediante lo que aquí llaman "sujeción gentil". Las dos veces la ha traído gentilmente sujetada uno de los personajes más notables del pabellón psiquiátrico del sanatorio Miranda. Es una mujercita pequeña y compacta, con ojos de mongola y manos de acero, que se especializa en contener enfermos brotados. Esta mujercita ha traído a la fuerza al sanatorio, en la sujeción gentil de su especialidad, a adolescentes que desconocen a sus padres y quieren acuchillarlos, a muchachos que se paran en el pretil de un edificio pidiendo que alguien los oiga antes de matarse, a viejos desencantados que se disponen a ingerir la dosis final de barbitúricos que un amigo médico les ha dado para cuando llegue el momento. La mujercita ha ido a sujetar gentilmente a Liliana a casa de Dorotea dos veces. Una vez en las caballerizas de la casa, donde Liliana llevaba horas conversando con el caballo de su sobrino, llamado Perelman; otra vez del estudio de Arno Heiser, el marido de Dorotea, cuyos libros Liliana deshojaba en lo alto de una borrachera. Desde aquella segunda vez, Dorotea visita a Liliana en el sanatorio y paga su estadía en él, pero no la invita a vivir en su casa.

Todo esto me lo explica el doctor Barranco, un psiquiatra cuarentón. El doctor Barranco es atlético y caucásico. Usa una barba entrecana de contornos quirúrgicamente delineados. Tiene los ojos negros, la nariz fina, las manos de dedos gordos y uñas espatuladas, bien atendidas por el manicurista. Mientras habla el doctor Barranco adquiero la rabiosa certidumbre de que en alguna de sus sesiones terapéuticas se ha cogido a Liliana. Algo de esto percibe Barranco en mi mirada o en mi silencio porque de pronto su discurso titubea, pierde el flujo, las palabrejas médicas dejan de acudir con nitidez a su boca, radiante por el caminillo de luz que cabrillea, cuando habla, sobre el canal rosado y húmedo de sus labios. Son unos labios delgados, mínimos, que descubren unos dientes blancos y una lengua rosada. Imagino muy bien esa lengua y esos dientes entre la lengua y los dientes de Liliana, parejos y blancos también, dispuestos a morder el mundo.

El problema de Liliana para salir del sanatorio es que no tiene dinero. Según mis cuentas, ha quemado una fortuna. Según las suyas, sólo dos departamentos. Lo que verdaderamente la retiene en el hospital es la falta de dinero para vivir. El hospital lo paga la corporación farmacéutica alemana que preside Arno Heiser, el marido de Dorotea. Le cuesta un ojo de la cara. Con la mitad de ese dinero Dorotea podría pagar la vida de Liliana fuera del hospital. Pero Dorotea no la quiere fuera del hospital porque sabe que tarde o temprano Liliana se echará el mundo encima y Dorotea tendrá que pagar más caro.

Con el tiempo entiendo que cuando murmura en mi oído "Sácame de aquí", Liliana está diciendo que quiere que la saque y la mantenga. No quiero poner el acento en esa realidad sino en el calor de su aliento y en la profundidad de su voz cuando susurra en mi oído: "Sácame de aquí". Su voz despierta el anhelo incumplido que está a flor de piel en mi cuerpo: el anhelo de Liliana Montoya. No ésta, ni la de antes, ni la de nunca; la que he construido antes, ahora y después.

Un domingo hago coincidir mi visita con la de Dorotea para decirle que quiero sacar a Liliana del hospital. Le digo que voy a vivir con ella.

Luego de un concentrado silencio, Dorotea dice:

—No estoy de acuerdo.

Advierte a Liliana:

—Te vas a brotar.

A mí me dice:

—Y tú te vas a arrepentir, Serrano.

Me asustan la frialdad de su voz y el trance hipnótico de su mirada. Me tranquiliza, extrañamente, saber que puedo espiarla, que la he espiado. Malaquías puede hurgar hasta el último centímetro de su vida, y yo saberlo todo. De hecho, Malaquías me ha dejado un disco con fotos y videos de uno de los días de Dorotea que no he querido ver. Recordar que tengo ese disco multiplica la superioridad que me da haberla espiado. La superioridad que necesito para este momento.

Tengo registrado en mis agendas el día que saco a Liliana del hospital. Es el jueves 25 de septiembre del año 2000. Hemos decidido vivir juntos en mi casa. Nuestro primer acuerdo conyugal es que ella arreglará el lugar como quiera y yo pagaré los arreglos. Vivo en el mismo edificio de la colonia Del Valle donde he vivido toda mi vida en la ciudad de México, desde que me casé con Aurelia Aburto, mi gorgona. Vivo también en el mismo departamento, salvo que ahora no lo rento; lo he comprado, y he comprado también el departamento contiguo. He quitado una pared para comunicar los espacios y hacerme un estudio grande, con libros, cuadros y dos escritorios imperiales. Algún crítico ha dicho que mi estudio y mis escritorios son lo único grande que hay en mi escritura. Puede tener razón, pero sólo eso.

La primera pregunta de Liliana cuando hemos hecho el tour por su nueva casa la hace mirándome con conmovedora y esforzada concentración, la concentración de un niño:

—¿Qué quieres que haga, Serrano? Quiero hacerte feliz.

Lo que sigue es muy extraño: muchos días de rutina conyugal sin habernos conyugado. No sé vivir con alguien. Me sorprende encontrar a Liliana caminando por el departamento o sentada como un fantasma en la sala. Dedica horas a oír y acomodar cintas con sus grabaciones. Tiene el proyecto de grabar un disco. Anda con un par de audífonos enormes que le permiten oír sin inundar el departamento con su sonido. Su silencio ambulatorio añade irrealidad a su presencia. Mientras escribo sé que está ahí, en el otro lado de la casa. La oigo ir y venir a veces, pero es como si no estuviera ahí, está de hecho en otro mundo, en el mundo de su voz y de sí misma. Silenciosa y fantasmal.

No quiere salir para evitar tentaciones. Un restorán puede ser el principio del infierno. Para consolarse y consolarme, guisa. Guisa tres turnos: desayuno, comida y cena. Su gula se ha ido, comer con ella es como estar a dieta. La dieta viene incluida en los alimentos: verduras, sopas ligeras, refrescos sin azúcar. Un día me cuenta que fue a ver al cura de la parroquia de la cuadra. Le ha preguntado si es posible no creer en nada. El cura le contesta que es imposible porque la fe es la vida misma. Liliana le responde que no en la suya. El cura le dice que no le cree. Liliana le cuenta su vida al cura en una versión abreviada pero truculenta. Eso la tranquiliza. Le pido que me cuente a mí lo que le ha contado al cura:

—Tú no puedes saber eso, Serrano. Eso sólo los curas.

Cae en la cuenta de lo que me está contando. Se lleva las manos a la cara y dice con divertido horror:

—Soy una monja, Serrano. ¿Me desconoces? ¿Qué hubiera dicho mi papá?

El jacobino doctor Montoya la hubiera desconocido también.

Por cierto, es la primera vez que la oigo mencionar a su papá desde que la conozco. Atribuyo todo a la falsa paz de las pastillas. Entre el dolor y la nada, las pastillas, hubiera dicho el clásico.

De lo demás, hay esto que decir: se desnuda, se pone, se mueve, jadea, me envuelve con brazos y piernas, cierra los ojos. Eso es lo que veo cuando me alzo sobre ella: tiene los ojos cerrados. No está distraída, no mira al techo esperando que todo termine. Mira dentro de sí misma a ver si siente algo. No como una profesional que trabaja, sino como una cómplice que accede al pedido de su cómplice. Quiere a este cómplice que se mueve encima de ella. La conmueve su amor, quiere pagarlo y estar a su altura, pero no puede ofrecer a cambio sino este placebo del amor que es no negarse, estar disponible. El cómplice se lo ha ganado, ha ganado su entrega y su cuerpo, aunque le falten sus glándulas y su corazón.

Las pastillas.

Liliana medicada es un ángel, una belleza que elude el deseo. Hermosa, pero neutra. Su cuerpo no tiene el toque eléctrico según el cual cualquier cosa venida de su cercanía, una mirada, un roce, unos vellos en la axila o la planta desnuda de su pie amoldándose a las baldosas de un piso reflejante, podían ser el inicio de un revolcón.

Nuestra primera vida juntos transcurre como en una neblina. Mejor: en un campo anestésico. Todo es plácido, limpio, sano, amortiguado y mortecino.

Hay sólo una excepción: las pastillas no han entrado a su voz, no la han tocado. Conserva su aspereza, su timbre ronco, indomado. La oigo cantar cuando se baña. Canta *Paloma negra*. La canción empieza arriba de por sí:

> Ya me canso de llorar y no amanece.
> Ya no sé si maldecirte o por ti rezar.

Liliana empieza también arriba, como si estuviera cantando en un palenque. Está en el baño bajo el agua hirviendo, tras la puerta de vidrio que traba el cubo de la regadera. Puedo ver su cuerpo en el cubo de vapor donde está cantando, gritando, mientras se baña. Puedo ver que no le pasa nada, que el agua cae tersa y brillante sobre su cuerpo, encendiendo su color moreno. Ella se alisa con las manos el pelo húmedo que acaba de enjuagar de la primera pasada de champú. La miro desde la puerta del baño a la que me acerco sin que me vea. Su voz cruza por la puerta de vidrio sellada de la regadera. Cuando llega a la parte de la canción que dice:

> quiero ser libre,
> vivir mi vida
> con quien yo quiera.

su voz es ya un rugido sofocado, estremecedor. La queja de un animal herido, digamos un cerdo al que acuchillan.

Así son las cosas hasta el día de diciembre, en que Liliana amanece desnuda junto a mí. Se ha quitado la ropa y está húmeda. Me busca como no me ha buscado desde la última noche que recuerdo: la secuela mortal de nuestros días de Huitzilac, hace mil años.

La mañana es fría pero la calefacción de gas mantiene nuestro cuarto caliente. Ritos son ritos. Liliana se pone de espaldas al invierno de las ventanas y me invita. Los vidrios empañados y la grisura invernal de la luz exterior obran un efecto voluptuoso. Está desnuda por primera vez frente a mí desde los días agónicos de Huitzilac. Su desnudez induce en mí una conflagración priápica, la mayor de nuestros años desnudos. Nuestros años desnudos no son muchos ni ofrecen grandes cotas hercúleas; ninguna jornada mayormente hazañosa de la carne salvo la que está por cumplirse esta mañana en que Liliana amanece transformada. No sé si he dicho que su pelo negro ha empezado a tener vetas grises. Hay esas mismas vetas en su pubis.

—Dejé de tomar las pastillas y te tuve ganas, Serrano. ¿Estuvo mal?

El médico ha dicho que las pastillas no pueden faltar. Entiendo que mientras haya pastillas habrá tedio, y cuando no las haya, intensidad. La intensidad traerá la intemperie, la intemperie el hospital. Temo esto de Liliana, lo he temido siempre. No esta vez. Al terminar pregunta:

—¿Estuvo mal?

Si éste es el mal, le digo, que venga el mal.

No ha sido nunca tan hermosa como en estos días en que está loca. Nunca tan loca como en estos días en que reincide en su locura.

Tenerla es compartirla. Una noche no llega a dormir, sale desde el mediodía y no regresa. No puedo sino esperar a que regrese. Espero de la peor manera: sentado en mi escritorio de escritor, fingiendo que leo o escribo, atento al único ruido que me interesa, que es el de la cerradura de la puerta por donde aparecerá Liliana. Se aparece al mediodía. Oigo girar la cerradura desde mi escritorio. Me pongo activamente a fingir que escribo.

—Completa y sin rasguños —dice desde la puerta su voz remota, divertida, sabionda de mi espera.

No respondo ni me muevo.

—Sin rasguños —grita de nuevo, desafiando mi silencio.

No lo toca. Viene entonces hacia el estudio, taconeando.

—Sin rasguños —dice por tercera vez, de pie frente a mi escritorio.

Trae los pelos engallados y los ojos con rasgones de rímel sobre los párpados. Ríe de mi silencio y de mi mirada. Da la vuelta.

—Me doy un baño largo y quedo para ti.

Regresa del baño envuelta en toallas. Tiene la cara lavada de niña.

—No sucedió nada, Serrano. ¿Quieres que te cuente o me invitas un trago?

Le invito un trago. Mi casa se ha ido llenando de posibilidades de invitar un trago. Hay en la alacena botellas de vino que no se agotan pues se reponen día con día, en un acuerdo tácito de que haya siempre una reserva. La imaginación que anticipa el consumo ha ido llenando entrepaños y repisas del comedor con ornamentales dotaciones de tequila y whisky, filas de nuestro ron epónimo y el infaltable vodka de Liliana.

Está descalza y húmeda, morenísima, envuelta en sus toallas blancas. Dice:

—Tengo hambre, Serrano. ¿Me llevas a comer a La Cantera?

Lo que pregunta es si vamos a comer a La Casa de Cantera, un restorán de comida mexicana que vive sus mejores días en la calle de Yucatán, de la colonia Roma. Hay tríos, secretarias con sus jefes, una cachonda atmósfera de parejas que se preparan para encerrarse en un cuarto de hotel hasta la noche. El sitio es efectivamente de cantera rosada. Los interiores de baldosa y azulejos son ocurrencias de diseñadores que imitan la tradición. Sé lo que Liliana va a decir en cuanto entremos: "Aquí tenía una mesa Renato Leduc, el poeta, periodista y mujeriego".

Eso dice al llegar:

—La mesa de Renato.

Le doy al capitán un billete y le pido la mesa de Renato. El capitán consiente la ficción. Renato nunca comió ni pudo tener mesa aquí. El capitán nos da la mesa de Renato en una esquina generosa del restorán.

—Para empezar, dime el *Prometeo sifilítico* —pide Liliana cuando nos sentamos.

Es el poema de Leduc que compartimos desde que su hermano Rubén nos lo leyó, hace mil años. Es una oda al idioma y a las putas de su tiempo. Leduc propone en el poema que los dioses le han comido las entrañas a Prometeo con una gonorrea porque enseñó a los hombres que había no una sino cuarenta y seis posiciones para fornicar.

—Dilo, Serrano, tú me lo enseñaste. "Los hombres miserables por el monte/vagaban, persiguiendo a las mujeres." Dilo, Serrano. "Y su coito tenía los caracteres/ que tiene el coito del iguanodonte." Tú me lo enseñaste, Serrano. Repítelo tú.

Digo que fue Rubén quien nos lo enseñó.

—¿Quién se acuerda de Rubén, Serrano? ¿Quién quiere hablar de Rubén? ¿Quieres que me seque de pensar en Rubén? Tú me enseñaste a Leduc, Serrano. Aquí tenía su mesa apartada siempre. Te confieso que traté de llevármelo un día de otro restorán, creo que se llamaba El Rincón de Cúchares. Ya estaba ochentón, a unos años de morir. Le dije: "Yo te sostengo, Renato, te arropo y te apoyo y te mueres en mis brazos". Pero estaba muy ciego ya, y muy viejo, aunque era un viejo muy guapo. A su edad, debió ser un agasajo. Tú te pareces a Leduc, Serrano, pero te has sacado poco partido. Dime aquella otra que decías de Leduc, la del humo y el viento. Siempre me has gustado de declamador, Serrano. Siempre me has gustado, carajo. Y ahora que estamos juntos, más. No me quiero contener, no me inhibas. ¿Cómo decía? "Si el humo fincara, si retornara el viento." Dilo, Serrano: "Si usted, una vez más, volviera a ser usted". Tú has vuelto a ser el que nunca fuiste conmigo, Serrano. ¿Qué vamos a tomar?

Pide raciones dobles de lo que vamos a tomar. Recuerdo mientras lo hace la palmera seca y parda que estaba frente a La Cava, el restorán de lujo de otro tiempo. A La Cava fui con Liliana la primera vez que la vi pagar una cuenta con dinero del *Pato* Vértiz. Apenas había empezado a andar con el *Pato* y ya estaba llena de tarjetas de crédito y billetes nuevos, creo que ya lo dije en otra parte. Me citó a comer ahí como quien invita con el primer sueldo que ha ganado en el trabajo. Me dijo: "No quieres saber lo que hace el *Pato* ni lo que yo hago con él. No son cosas para escritores como tú. Los escritores como tú deben imaginarlo todo". Puedo oír su voz ronca diciendo: "Yo ya despegué, Serranito. Te espero en el cielo". Más tarde, cuando nos íbamos de La Cava, me dijo: "Cuando llegue el tiempo de terminar con el *Pato* y tenga cómo venir por mis propios medios a este lugar, tú y yo nos vamos a encontrar aquí, Serrano, y vamos a cumplir lo que está escrito para nosotros en la palma de las manos. Tú y yo vamos a ser de ti y de mí".

La ilusionaba en esos días que le dijera unos versos de García Lorca que yo le había metido en la cabeza, junto con los de Leduc. Los de Lorca eran éstos:

> Las piquetas de los gallos
> cavan buscando la aurora
> cuando por el monte oscuro
> baja Soledad Montoya.

Cuando le decía estos versos, ponía su nombre, Liliana, en lugar del de Soledad. Eso la prendía. Preguntaba: "¿De qué monte oscuro hablas, Serrano?" Del suyo hablaba, desde luego.

De La Casa de Cantera salimos al anochecer.

—Quiero cantar, Serrano. ¿Quieres que te cante? Conozco un bar, ¿me llevas?

Me lleva al bar del hotel Amberes, donde hay un pianista llamado Antonio que la recibe como estrella invitada. Liliana pide una botella y canta tres canciones. Su voz es tersa y honda; se ha pintado los labios de rojo y brillan cuando modula las palabras como si las besara en la penumbra del bar. La última me la dedica desde el piano, con el micrófono. La canción se llama *La mentira*. Viene a cantarla a nuestra mesa. Canta frente a mí, los ojos tan encendidos como los labios:

Se te olvida
que me quieres a pesar
de lo que dices.

Un idiota viene a preguntar si puede invitarnos una copa y pedirle una canción. Respondo que no es rocola. Liliana sonríe envanecida.

—Sólo una vez te has peleado por mí, Serrano. Con ésa tengo. No hagas caso.

Al terminar su ronda, el pianista Antonio viene a la mesa. Usa brillantina en las sienes plateadas y tiene el bigote entrecano recortado, como *crooner* de otros tiempos.

—Tiene usted que grabar un disco, señora —le dice a Liliana—. No puede dejar sin grabar eso que trae en la voz.

Canturrea con lo que le queda de una voz ahogada por los cigarrillos:

Se te olvida
que hasta puedo hacerte mal
si me decido.

—Decídase, señora —le dice el pianista.

—Estoy decidida, Antonio. Por ahora: este señor.

"Este señor" soy yo.

El tipo que quiere una canción de Liliana vuelve a acercarse a la mesa. El pianista Antonio se levanta y lo lleva a la suya. El reincidente me mira culpándome y me apunta con un dedo. Tiene una camisa azul marino con yugo y una corbata roja. Su pelo color paja es abundante, desordenado por el alcohol.

—¿Rumba? —dice Liliana cuando salimos del Amberes.

Regresamos a la colonia Roma, a unas calles de La Casa de Cantera, donde hemos estado al mediodía. El lugar se llama El Gran León. Es la supervivencia urbana, corregida y aumentada, del Bar León de las calles de Brasil, en el centro, al que íbamos de jóvenes. Toca ahí el mismo conjunto reciclado de años atrás: Pepe Arévalo y sus mulatos. Nos dan una mesa junto a la pista. Tenemos la epifanía de un regreso al pasado. La música es más fuerte, las luces más enceguecedoras, el viaje hacia nuestra memoria más ruidoso. Liliana trae en la bolsa la botella sin acabar del bar del hotel Amberes pero pide otra. Apenas la han traído, entra un grupo que sientan junto a nuestra mesa. En el grupo está el solicitante de canciones del bar Amberes. Está más borracho que nosotros y es más alto que yo. La corbata roja sigue ceñida en el yugo de su camisa azul, pero sus pelos de paja están más alborotados.

—Tú eres el de allá, cabrón —dice, antes de sentarse en la mesa contigua—. Y ella es la que no quiere cantar para sus admiradores. Entendido, cabrón. *Check.*

Liliana llama al mesero y le dice algo al oído. Luego dice en el mío que va a hacer como que va al baño, que luego me pare yo y salga del sitio. Me estará esperando afuera.

Cuando Liliana se levanta, el tipo de la corbata roja le dice:

—¿Aquí sí me cantas una?

Ha sacado un puro que enciende mirando a Liliana fijamente mientras absorbe y agranda la brasa.

—Cuando regrese del baño —le dice Liliana.

Espero que haga su movimiento y hago el mío hacia la salida.

—Quiero llevarte a mi cueva —dice Liliana en la calle.

Da instrucciones al taxi de cruzar Reforma, dejar la colonia Roma, meterse en la colonia Cuauhtémoc hasta la calle de Río Rhin. Las calles de la colonia Cuauhtémoc tienen nombre de ríos. El taxi para frente a una mansión de piedra y herrajes españoles, cuya enorme cochera ha sido convertida en un suntuoso vestíbulo de acceso a las tres plantas de la casa. El lugar se llama Olimpus; es un club de parejas que buscan parejas. Tiene cuartos oscuros de distintos tamaños donde se mezclan parejas en distinto número: cuartetos, sextetos y orquestas sinfónicas. Tiene un bar donde se pacta todo, y también se puede nada más beber. Del fondo de la cocina, que es ahora la intendencia, la bodega de alcohol y estimulantes, sale, antiguo como él mismo, el pusher del viejo Cíngaros, el inmutable y eléctrico Minerva. Tiene la misma melena de león sobre la frente amplia, pero ahora no lisa sino alborotada en púas, como una hortensia negra en lo alto del tallo recto y estricto de su cuerpo.

—¿Tu cuarto? —pregunta Minerva.

—Mi cuarto —dice Liliana.

—¿Tu dotación? —pregunta Minerva.

—Nos despiertas primero y nos aquietas después —instruye Liliana.

Todo esto es ridículo y misterioso para mí.

Minerva nos lleva a un cuarto de la última planta, en su tiempo la azotea, donde todo el piso es colchón. Un colchón de agua. Hay una sola ventana que no tiene cortinas ni da a ninguna parte. Esta noche deja entrar la luna.

Mientras Minerva llega con la dotación, Liliana se desviste, me desviste y despliega sobre nosotros el edredón que hay doblado en la cama. Es ligero y liso. Uno puede sumirse y taparse varias veces en él, como en un mar de sedas.

Minerva trae para Liliana una botellita de acero con vodka en una cubeta de enfriar champaña. Trae también un pastillero de lapislázuli con una grapa de cocaína y pastas ignotas para mí. Liliana abre la grapa con prisa descuidada. Parte del polvo cae al edredón. Busca los rastros con la nariz y aspira con la aleta de un lado. Luego con la otra. Levanta lo que queda de polvo con sus dedos y me unta en la nariz; mete luego los dedos entre mis labios y los frota contra mis encías. Mientras hace esto respira honda y quejosamente, como si se viniera.

—Nunca te has cuidado, Serrano. Yo te voy a cuidar.

Habla luego sin parar. De nosotros, del tiempo perdido. Y del *Catracho*. Ritos son ritos:

—¿Te conté que mandé matar a uno, Serrano?

Estamos por fin donde debemos estar, donde hemos estado siempre.

Le digo que me lo contó tres veces.

—¿Tres veces?

Le digo que las tres distintas, que no coinciden entre sí, con una fecha de ejecución que chequé y tampoco coincidía.

—¿No coincidía? ¿Cuál fecha no coincidía, Serrano?

No coincidía la fecha que me dio del hecho, le digo.

—¿Y cuál fecha te di, Serrano?

Le digo que el día del amor y la amistad de 1978.

—De 1978 no, Serrano. Del 79. El 14 de febrero de 1979, no seas pendejo.

Le digo que ya hice la corrección, que descubrí el error investigando.

—¿Investigando, Serrano? ¿Investigaste lo que te dije? ¿Para qué?

Le digo que para saber.

—Para saber, mis güevos, Serrano. ¿Para qué? ¿Para escribir una novela con mi historia, cabrón? ¿No te basta vivirla? No has aprendido nada, Serrano. ¿Te digo una cosa? Haz lo que quieras, pero no me vengas con mamadas de que investigas. ¿Para qué investigas? Pregúntame lo que quieras, yo te lo cuento todo, no como tus testigos de la matanza de Huitzilac que no sabían nada. Una cosa sí te digo, Serrano: tienes algo de buitre hurgando muertos, cabrón No le hace, pregunta. Sólo dime una cosa antes: ¿me crees capaz de una chingadera del tamaño de la que dices que te conté o más bien crees que soy una habladora?

Le digo que las dos cosas.

—¿Al mismo tiempo, Serrano?

Le digo que una primero y la otra después.

—¿Primero lo hice y luego lo inventé, Serrano?

Asiento y se enciende:

—¿Entonces sí crees que pude hacerlo, cabrón? ¿Y luego inventarlo, ponerle más crema a mis tacos?

Asiento también.

—¿Y me tienes miedo por eso, Serrano? ¿Me has tenido miedo todo este tiempo?

Asiento doblemente.

—¿Y por eso no me has querido, cabrón?

Le digo que a nadie he querido como a ella.

—Sin güevos —reprocha.

Admito que sin güevos.

—Al menos tienes los güevos de reconocerlo, cabrón. ¿Pero eso de qué nos sirve ahora?

Le digo que al menos para tenerme como me tiene. Me tiene con una erección digna de los quince años, de esas que a mi edad no se consiguen ya sino dormido.

Me descubre y se sonríe:

—¿En quién estarás pensando, Serrano?

Extiende una mano para atenderme mientras habla, porque lo que quiere es hablar.

—¿Quieres saber lo que pasó de verdad, Serrano? Tú me crees capaz de todo lo que te conté porque eres muy crédulo, o muy creído, no sé. ¿Cómo te lo digo? Yo no era capaz, Serrano, pero fui. ¿Sabes quién me indujo? Dorotea. ¿Me crees que Dorotea? No me dejó en paz hasta que le dije al *Pato* que había que matar al *Catracho*. No me dejó en paz hasta que el *Pato* dijo que sí. Luego, hasta que el *Pato* cumplió. Y luego no te cuento. Fue Dorotea todo el tiempo, Serrano. ¿Me crees?

Está muy borracha y yo también. Ritos son ritos.

Le digo:

—Tú lo mandaste matar pero no lo mataron porque tú lo mandaste. Lo mataron por casualidad. Se lo dieron luego al *Pato* como su muerto, y el *Pato* a ti.

No oye lo que le digo porque lo que ella quiere es hablar. La autonomía de su discurso es absoluta; repara sólo en su propia necesidad de propagarse:

—Esto es algo que quiero confesarte, Serrano. No fui yo quien lo mandó matar. No fui la de la idea. La de la idea fue Dorotea. La que me pidió todos los días que le exigiera cuentas al *Pato* fue Dorotea. ¿Me crees? Y la que quiso que fuéramos a verlo muerto fue Dorotea. Mi hermanita Dorotea. ¿Me crees? Luego vino el juicio por lo del *Catracho,* lo reclamaron sus familiares. El procurador amigo del *Pato* le pidió una explicación al *Pato.* El *Pato* inventó una historia, dijo que la ejecución se la había pedido un jerarca universitario cuyo nombre no podía decir. Dijo que el jerarca estaba afrentado porque su hija había sido prostituida por Clotaldo.

Es la primera vez que dice el nombre del *Catracho:* Clotaldo. Uno de los nombres que yo leí en la prensa. Lo dice con una familiaridad que me sugiere una franja intocada todavía de esta historia. Sigue en su deriva indetenible:

—El jerarca universitario del que hablaba el *Pato* era yo. El *Pato* me ocultó a mí, como yo he ocultado a Dorotea. El procurador amigo del *Pato* hundió el expediente, pero luego se lo sacaron al *Pato* cuando iba a ser diputado. Un amigo suyo de toda la vida, un protegido suyo, lo amenazó con dar el expediente y toda la historia a la prensa. ¿Te suena, Serrano? ¿Sabes algo de esto? ¿Me crees siquiera una palabra? Pídeme otra botellita de vodka. Aquí, con este timbre inalámbrico. Voy al baño con lo que queda de la grapa.

Cuando vuelve del baño le digo, le repito, en lo alto de nuestra borrachera:

—Tú mandaste matar al *Catracho* pero no mataron al *Catracho* porque tú lo mandaste. Lo mataron por otra razón, lo mataron por casualidad. Se lo dieron luego al *Pato* como su muerto, y *el Pato* a ti.

—¿De qué hablas, Serrano? No te hagas el novelista. Dame un beso, ven. Dame un beso que sirva para algo.

Amanece por nuestra ventana cuando bajamos del cuarto. Al pasar por el vestíbulo del brazo de Liliana me embisten y caigo al suelo. Desde el suelo veo al tipo de la camisa azul y la corbata roja invitándome a ponerme de pie para pelear. El pelo color paja se ha vuelto una mata loca en su cabeza.

Lo último que recuerdo es que el tipo viene sobre mí con una navaja, Liliana cruza entre nosotros, yo tengo un mantel en el brazo y una botella en la mano para recibirlo. Hay gritos y carreras alrededor de nuestro encuentro.

Abro los ojos y me está mirando el *Pato* Vértiz. Mi primera certidumbre es que tengo una pesadilla, pero no estoy durmiendo. Estoy en el hospital y el *Pato* Vértiz está sentado frente a mi cama en una silla, esperando que despierte. Atrás del *Pato* puedo ver a Liliana, con unas ojeras al cuello y los pelos parados de cruda. Escucha a *Felo* Fernández, que no deja de hablar pero no la hace reír. Esto me desconcierta porque lo característico de *Felo* Fernández, si lo dejan hablar, es que la gente se ría. Vuelvo a pensar que estoy en una pesadilla o que es el primer cuadro de ordenanza en el famoso paso al más allá. Dice un experto que en el primer paso al más allá uno ve en posiciones absurdas a las personas que cuentan o significan algo para uno en el último momento de la vida.

Liliana corre a abrazarme cuando despierto. Su abrazo es efusivo pero me duele como si me diera una estocada en el abdomen. Me explican que lo que tengo en el abdomen es efectivamente una estocada, crecida por el bisturí del cirujano que acabó de abrir, empató y lavó los intestinos. Liliana llora sobreactuadamente, como llorona de sacristía. Creo que es la primera vez que la veo llorar a pecho abierto. Le queda mal el llanto; quiebra su voz y afea sus facciones. El *Pato* dice que está aquí para explicarme lo que pasó. Le digo que él no estaba cuando pasó. Pregunto qué pasó. Liliana explica que el tipo que nos había perseguido desde el bar del hotel Amberes me alcanzó con su navaja en el Olimpus. El incondicional Minerva lo detuvo cuando iba a cortarme el cuello. Liliana se le montó encima también. El tipo se dio a la fuga, como en las notas de policía.

Tengo una herida de diez centímetros abajo del ombligo, donde entró la navaja y operó el doctor. Llevo un día inconsciente, con fiebres altas y una infección que no cede. Todo muy jodido, de acuerdo, pero ¿qué tiene que hacer el *Pato* Vértiz en mi cuarto de hospital mientras me muero? No tengo fuerzas para preguntar esto. Los esfuerzos que hago para hablar caen directo sobre el dolor de la herida, que grita: "No hables, güey". Pero quiero hablar, preguntar por ejemplo quién le dijo al *Pato* que viniera. *Felo* Fernández sí, pero el *Pato,* no mamen. Sólo falta que aparezcan Dorotea y su hijo genio o el doctor Barranco.

Pregunto con la ironía de que soy capaz por qué no han llamado al doctor Barranco. Liliana dice sin ironía que lo llamó pero no estaba en la ciudad. Confirmo que Barranco se ha cogido a Liliana en sus sesiones de terapia. Pregunto si pueden volverme a dormir. Responden que ya que desperté lo que quiere el doctor es que camine. Digo que camine su chingada madre. En ese momento entra Dorotea. Es como una aparición. No la recordaba tan bella como es, morena y pálida y con cara de mustia, como la Virgen de Guadalupe. Cruza luminosamente de la puerta del cuarto hacia mi cama. El cuarto del hospital es muy amplio, hay que decirlo. Tiene un ventanal corrido, una salita al lado y espacio suficiente para que Dorotea camine como si flotara hacia mi cama. Me pregunto cuánto va a costar este cuarto por donde camina flotando Dorotea y quién va a pagarlo. Pienso que le pediré prestado al marido de Dorotea. ¿Tendrá el marido de Dorotea alguna idea de la mujer que hay adentro de Dorotea?

Deduzco que deliro porque vuelvo a la hipótesis de momentos antes: debo estar en ese primer momento, descrito por los expertos, que se les presenta a los muertos en su famoso tránsito al más allá. Acude a su primer paso de aquel lado la gente más cercana del último minuto, la gente que resume nuestra vida en el momento anterior al inicio del tránsito al más allá. Prendido de esta infausta ocurrencia, me enerva pensar que al momento de partir mi vida se condensa en la asamblea en que me encuentro, la cual incluye a dos hermanas de colección, al decrépito *Pato,* al fornicario doctor Barranco y a *Felo* Fernández, personaje querido al que por lo menos debería ocurrírsele un chiste capaz de disolver en una risa esta desastrosa asamblea.

A *Felo* no se le ocurre sino agravar las cosas diciéndome al oído que el *Pato* tiene una idea o una explicación posible de lo que ha pasado. Lo que ha pasado no es obra de la casualidad, dice *Felo,* sino el principio de algo que el *Pato* tiene muy claro. No sé cómo se disuelve esta escena del famoso primer paso al más allá, esta alucinación que tiene para mí la doble herrumbre de lo familiar y de lo grotesco. Pero cuando vuelvo de ella estoy fresco y ligero, diría que lúcido si no fuera porque esta palabra siempre me ha sentado mal. Puedo haber visto claramente algunas cosas de la vida, pero lúcidamente ninguna. O quizá nada más el cuerpo de Liliana, que se alumbra solo y, ahora que despierto, el recuerdo de Dorotea cruzando por mi cuarto de hospital.

Vuelvo en mí. El cuarto de hospital en que estoy es un cuarto de mierda, chico, oscuro y mal pintado. Es de noche, el cuarto está a oscuras salvo por esas luces bajas que dejan encendidas las enfermeras y los médicos de turno, esas luminosidades rescoldadas de las noches de los cuartos de mierda de todos los hospitales del mundo.

Tengo los labios secos, el cuello hirviendo, los ojos hinchados y secos también, como si unas pinzas me recogieran los párpados y una sustancia tóxica nadara en el globo de mis ojos. Si no me he muerto, quisiera morir. En esa oscuridad de luminosidades leves que invoca la muerte, puedo ver que el cuarto está felizmente solo. Liliana duerme en el sillón reposet a mi lado. Pero no duerme. Está reclinada con los ojos abiertos mirando al techo. No se da cuenta de que he despertado. Veo sus labios moverse como si rezara o hablara en silencio. Es posible que rece. Le pregunto si está rezando. Se incorpora al oírme.

Le digo que me diga lo que está rezando. Me dice que no está rezando. Pregunto si se fueron todos. Pregunta quiénes son todos. Digo que el *Pato, Felo,* el doctor Barranco y Dorotea. Pregunto si de casualidad no vino el *Catracho.*

—Estás delirando —dice—. Has estado delirando. Yo también.

Le digo que me cuente su delirio.

—Lo mío no es un delirio, Serrano. Es la realidad.

Le pregunto cuál es esa realidad.

—Destruyo todo lo que toco, Serrano.

Le pregunto qué incluye todo lo que toca.

—Todo, Serrano. Mírate tú. Y al *Pato,* y a Rubén, y a Dorotea. Mira las consecuencias de lo de Dorotea.

Parece segura de que mi condición hospitalaria tiene que ver con lo de Dorotea. Sigue hablando sola, para mí:

—Las cosas malas que hice no dejan de suceder, Serrano. Regresan, no se van. Lo único bueno que regresa eres tú. Y mírate, con la panza abierta por un loco que quería conmigo. Me quiero morir, Serrano, eso es lo que quiero.

Le digo que tiene que sacarme primero del hospital. Se ríe pero su mirada dice que no se ríe. Lo nuestro ha terminado de nuevo. No es esto algo en lo que quiera ocupar ahora mi cabeza. Me interesan sus otras menciones: El *Pato,* Rubén, Dorotea. La destrucción del *Pato* no es parámetro de nada, acaso un rasgo de la, por otra parte inexistente, justicia existencial del mundo. No así el nombre de Rubén; menos el de Dorotea. Sé de la vida alcohólica y rijosa de Rubén, y de su mala deriva profesional, pero no sabía que Liliana lo padeciera como parte de su cuenta oscura. Le pregunto cómo destruyó a Rubén.

—Me negué, Serrano, me negué siempre. Y él insistió toda la vida. Un día se atascó de nembutales. No se murió, pero se volvió la sombra que es.

Entiendo que hay un salto en su respuesta. Le pido que lo explique y lo explica. Dice que Rubén la requirió siempre de amores. Así lo dice: "Me requirió de amores". Siento con claridad extraordinaria que está a la vez mintiendo y diciendo la verdad.

Le pregunto si aceptó los requerimientos de Rubén.

—Nunca.

Le pregunto si dejó entrar a Rubén.

Mira al techo. Le pregunto de nuevo si dejó entrar a Rubén.

Admite:

—Una vez.

Su confidencia me excita. Pregunto: ¿sólo una vez?

—Tres días de una Semana Santa —dice Liliana—. Esos días y nunca más, Serrano.

Recuerdo haber llegado a ella también en una Semana Santa. Su mamá tenía la costumbre de ir a pasar a Morelia las semanas santas.

Le digo que fui su Rubén sustituto.

—Cuando supo de ti se volvió loco.

Pregunto si fui su Rubén sustituto.

—Tú siempre fuiste tú, Serrano. Al principio estabas en mi cabeza junto a Rubén. Después, no. Cuando Rubén supo de ti se volvió loco. Pero nunca más lo dejé entrar. Lo volví loco por dejarlo, y luego por no dejarlo. No sé lo que estoy diciendo. Estoy perdida. Me enferma este hospital. Nada de esto es exacto, nada es verdad.

Le pregunto qué otras revelaciones tiene que hacerme ahora que me ha dicho todo. Le pregunto si hemos llegado por fin a la puerta del secreto de Dorotea.

—Dorotea es el secreto de mi vida, Serrano.

Le pido que me cuente ese secreto.

—Ya te lo conté, Serrano. Todo lo que nos pasa hoy viene de Dorotea. Dorotea es como una vidente. Ha ido haciendo todo lo necesario para que suceda lo que quiere. Me enloquece mi hermanita, Serrano. Me ha tenido loca siempre.

Sigue sola:

—¿Te digo una verdad? Dorotea adoraba al *Catracho*. Era su novio adulto, como el *Pato* conmigo. Dorotea lo adoraba.

Declaro que el *Pato* no es buena referencia entre nosotros.

—El *Catracho* también adoraba a Dorotea, Serrano. No la corrompió; la adoraba.

Le pregunto por qué Dorotea odiaba al *Catracho*.

—Porque Dorotea es Dorotea, Serrano. Porque el *Catracho* le fue infiel a Dorotea y Dorotea no lo perdonó.

Le pregunto por qué ella se siente responsable del *Catracho* y Dorotea.

—Porque yo lo mandé matar, Serrano, no seas pendejo: yo lo mandé matar. Y yo llevé a Dorotea a sus primeras fiestas con gente mayor. Quería que empezara joven a conocer el mundo. Y la llevé a la fiesta donde conoció a Clotaldo. A eso la llevé. Y eso hizo, se entregó en cuerpo y alma a Clotaldo, y un día lo despechó y Clotaldo de despecho le paseó otra novia enfrente y Dorotea no perdonó eso. Nos inventó al *Pato* y a mí que Clotaldo la había prostituido y humillado. Me hizo a mí el teatro de que se iba a suicidar. No se iba a suicidar. Pero yo le pedí al *Pato* que se echaran al *Catracho*. Lo demás ya lo sabes, cabrón; no me estés atormentando con eso.

Supongo que mi expresión facial desautoriza el tono melodramático de su relato. Descubro con desánimo que en Liliana hay más una veta melodramática que una trágica, y en mí, por consecuencia, una vena más ridícula que conmovedora.

El hospital me está volviendo loco.

Duermo y sueño. Dorotea viene flotando hacia mí. Dice en mi oído que quiere conmigo como Rubén con Liliana. Aparece al fondo la silueta joven del *Catracho,* sin los tiros que le descuadran el rostro. Y atrás de la silueta juvenil y limpia de sangre del *Catracho,* la cara vieja y seca del comandante Neri. Habla suciedades con el *Pato* Vértiz. Hay un bochorno de verano, luego una brisa que viene del mar o quizá de un ventilador que alguien pone en nuestra nuca para refrescar nuestros recuerdos.

Entiendo que alucino todavía. No sé cuánto de lo que recuerdo sucede en realidad y cuánto viene de mi fiebre que sueña locuras. Sé que despierto con certidumbres que no tenía, la peor de las cuales es saber que Rubén entró en Liliana una Semana Santa, igual que yo.

Salgo del hospital con Dorotea grabada en la frente.

Mi pesadilla hospitalaria con *el Pato* Vértiz se cumple al salir del hospital. Convalezco en mi casa dos semanas. Liliana lleva esas dos semanas tomando las pastillas que la apaciguan. Está en plan de enfermera, muy calmada, o camino de estarlo. Me cuida con solicitud y sumisión de monja, anticipando en sus cuidados que la he perdido. Y ella a sí misma. Y a mí.

Una tarde en que los reflejos dorados del sol calientan las ventanas, *Felo* Fernández introduce en mi estudio al *Pato* Vértiz. Lo hace con el consentimiento de Liliana. El *Pato,* dice *Felo,* quiere contarme un secreto, ponerse en mis manos. Debo escuchar y decidir. Tengo por *Felo* Fernández una debilidad equivalente a la que él tiene por el *Pato* Vértiz. Me resigno a los hechos consumados. El *Pato* entra a mi estudio cargando un fardo de papeles entre el brazo derecho arqueado y la cadera titubeante. Liliana sale del estudio con circunspección de mustia, en lo que me parece un escape convenido con *Felo*. Inadvertido del mutis de Liliana, *Felo* se queda unos momentos más. Liliana reaparece en la puerta y le pide con el índice que salga también.

Me quedo solo con el *Pato* Vértiz: su calva con pecas, su nariz abollada, su barriga obscena, sus labios morados por el asma o el enfisema. Me sé víctima de una emboscada.

El *Pato* pone sus papeles sobre la mesa de la pequeña sala que hay entre mis escritorios imperiales. Se dispone a decirme lo que quiere. Lo interrumpo antes de que hable. Digo que oiré lo que tenga que decirme sólo si me dice también todo lo que sabe del *Catracho* y Dorotea. Mi condición lo hunde en la silla evidenciando el miedo en que vive. A partir de ese momento la conversación es nada para mí, aunque el *Pato* tiene algo interesante que contar para esta historia.

Los papeles que ha puesto en la mesa resumen, dice, lo que ha investigado estos años sobre su antiguo protegido Ricardo Antúnez. No está eludiendo mi pregunta sobre Dorotea y el *Catracho,* precisa, ni la eludirá. Lleva años reuniendo pruebas de los crímenes de la policía precisamente en la época del homicidio del *Catracho,* origen remoto, según él, de todo lo que pasa ahora, incluyendo mi convalecencia. Todo es parte de la venganza de Antúnez, declara.

Le digo que no entiendo por qué Antúnez ha de preocuparse de una denuncia sobre los usos y costumbres de la policía en los años setenta, cuando él no era más que un agregado burocrático. El *Pato* dice haber descubierto en su investigación que Antúnez sigue ofreciendo el servicio de "higiene social" que ofrecía la policía de entonces. "Higiene social" quiere decir que, a petición de algún agraviado por delitos de honra o de sangre, la policía de entonces liquidaba al delincuente. El *Pato* dice tener pruebas de varios de aquellos crímenes. Y de varios de los que Antúnez ha ofrecido ahora. Lo de Antúnez no es un vestigio delincuencial del pasado, sino una máquina de crímenes de ahora.

El *Pato* dice haber cometido el error de haber confiado su descubrimiento al difunto Olivares, y éste el de haberlo comentado, entre burlas y veras, con Antúnez.

Olivares le hablaba a Antúnez con confianzudo desdén porque eran amigos de mucho tiempo y porque Antúnez vendía servicios de espionaje político a la subsecretaría de la que Olivares era titular y donde tenía becado al *Pato,* su mentor de otros tiempos. La respuesta de Antúnez había sido nada menos que la muerte del difunto Olivares.

—Olivares murió a las pocas semanas de su conversación sobre esto con Antúnez —sentencia el *Pato.*

Según el *Pato,* aquella muerte no había sido sino una advertencia fúnebre para él.

Pregunto por qué Antúnez habría retirado del mundo al difunto Olivares, que era sólo el mensajero, y no a la verdadera amenaza, que era el *Pato.* Porque Antúnez y él llevaban años de vigilarse, responde el *Pato,* y Antúnez sabía que no iba a ser fácil cazarlo. También, porque al saber que Olivares había hablado del tema con Antúnez, el *Pato* puso a salvo sus papeles y advirtió a Antúnez que se conocerían si algo le pasaba. Antúnez procedió entonces contra Olivares. Al día siguiente del velorio de Olivares, el *Pato* hizo saber a Antúnez que había recibido su mensaje y que aceptaba sus términos de silencio. Lo hizo mediante una esquela cuyo mensaje cifrado el *Pato* repite para mí palabra por palabra y yo borro conforme lo repite.

Es entonces cuando yo aparezco en la trama, según el *Pato.* Las alarmas de Antúnez por su investigación se activan cuando yo le pregunto a *Felo* Fernández si sabe de alguien que pueda conseguirme el expediente del *Catracho. Felo* desconoce todo del asunto y acude a Antúnez. Antúnez cree oír en mi pregunta que el *Pato* ha vuelto a las andadas, usando ahora al escritor idiota para detonar el escándalo.

—Preguntaste por el *Catracho* por tus propias razones, escritor —dice el *Pato*—, pero Antúnez sintió que, muerto Olivares, yo te lanzaba al ruedo contra él.

Le pregunto si cree que mi navajazo es también un aviso de Antúnez. Me dice que tiene la certidumbre de que sí: todo esto, en su opinión, está ligado.

Todo esto es tan malo argumentalmente que quizá el *Pato* no está inventando nada y, en efecto, sólo repite la realidad. Lo empeora todo el tono de trabajosa revelación con que el *Pato* lo narra. Divaga penosamente, sus pausas y rodeos pertenecen a un estilo de discurso público cuya especialidad es ocultar las dudas y disimular las convicciones. Mi opinión sobre su historia debe estar clara en mi cara. Me salgo del *impasse* diciendo que nada de lo dicho responde a mi pregunta sobre Dorotea y el *Catracho*. Entonces el *Pato* se enconcha. Lo miro con lo que yo juzgo una fijeza helada para subrayar que no puede decir a continuación ni un prefacio ni un circunloquio. Toma nota y dice:

—Estuve esa noche en el lugar de la muerte del *Catracho*.

Mira al techo, se frota las manos.

Sigue:

—Me tomaron unas fotos.

Se pasa la mano izquierda por la calva, luego la derecha.

—Con esas fotos me extorsionaron después, escritor.

Levanta la mirada, la baja. Añade:

—A mí y a quien estuvo conmigo.

Algo en mí tiene el pálpito de la adivinación, la inminencia del descubrimiento. Le pregunto quién estuvo con él. Repito la mirada que lo amedrenta, la mirada que no lo mira, que da vuelta en torno a él sugiriendo una impaciencia homicida que puede desbordarse si se equivoca.

Se pone de pie, se frota las nalgas magras bajo el pantalón flojo que ha dejado de llenar.

—No fue Liliana la que vino, escritor, te lo debo decir.

Lo miro ahora a los ojos fijamente, ordenándole seguir. Ha empezado a sudar como si lo alumbrara de cerca un foco. Dice:

—Fue Dorotea.

Un surtidor de dicha adivinatoria fluye de mi sudadísima espalda de enfermo a mi expandido pecho de vidente. El *Pato* se desborda.

—Eso sí te hubiera parado los pelos de punta, escritor. Dorotea en ese lugar.

Camina frente a mí, absorto ahora en la visión de lo que habla:

—Dorotea mirando el cadáver del *Catracho,* escritor. Piensa esto: lo volteó de la cara con el pie para verlo de lado. Luego lo volteó para verlo de frente. Yo había visto juntos a Dorotea y al *Catracho,* escritor. Habíamos salido con ellos Liliana y yo. A Dorotea la había visto entregada al *Catracho,* enamorada, como Liliana conmigo. No presumo, no te afrentes, así eran las cosas. No sé cómo podíamos Clotaldo y yo tener estas increíbles hermanas dispuestas. Algo está mal en el mundo cuando esas cosas pueden suceder, escritor, pero suceden. Las he visto suceder toda mi vida. Muchachas buscando mundo. Qué te puedo decir. Las queríamos y abusábamos de ellas. Pero ellas querían que abusáramos. No te enojes. No les sabía si no abusábamos. Querían ser parte del mundo, mancharse. Y las manchamos, escritor. Las manchamos, me cae.

Esta última frase trae una congestión de emoción a sus mejillas y una película de lágrimas a sus ojos.

Le pido que ahorre comentarios y vuelva a los hechos. Dice que al *Catracho* lo mataron al mediodía. Antúnez le mandó las fotos del *Catracho* muerto por la tarde y él se las llevó a Liliana por la noche. Liliana se las mostró a Dorotea. Dorotea quiso ver el cadáver. Antúnez les mandó a Neri para guiarlos al lugar de los hechos. Neri los llevó. Mientras veían el cadáver del *Catracho,* sin decirles nada, Neri les tomó dos fotos. Antúnez se las hizo llegar después al *Pato.* El *Pato* las destruyó. Años después, cuando competía con Antúnez por una diputación en la ciudad de México, Antúnez le envió de nuevo las fotos y le dijo que iba a mandarlas a la prensa, con la historia respectiva, si el *Pato* no se retiraba de la puja por la diputación y le dejaba el sitio a él. El *Pato* retiró su candidatura en el partido.

Fue su mayor error, dice. Dejarle ver a Antúnez que tenía miedo. Antúnez le ganó la diputación, y luego hizo la carrera política que le tocaba a él. No muy larga, dados sus méritos, pero la que le tocaba a él. Cuando todo había terminado, Neri se presentó un día con las fotos otra vez. También había guardado una copia y quería dinero. Le dio dinero a Neri durante diez años. No sabe si lo mandaba Antúnez. Pensó mucho tiempo que sí, que era la manera de Antúnez de recordarle que estaba en sus manos. Pensó vengarse haciendo la investigación de los crímenes de la época en la que Antúnez era al menos cómplice menor. Quería una venganza política en la otra acepción de la palabra política. La política como responsabilidad, dice, como servicio a la comunidad contra gente como Antúnez. Siguiendo aquellas pistas, descubrió que Antúnez seguía anclado en la vieja escuela. Mataba delincuentes por "higiene social".

La investigación no está terminada, dice el *Pato*. Los expedientes, cuya copia me deja en la mesa, no son probatorios. No hay correspondencia jurídica cabal entre sus imputaciones y sus pruebas. Por eso no ha dado esto a conocer. Quiere ser serio: no quiere arriesgar ninguna información que no pueda volverse una acusación penal. No quiere acopiar pruebas que sean buenas para los diarios, pero flojas para los jueces. Quiere hundir a Antúnez, no desprestigiarlo.

Dice todo esto con titubeos y disculpas anticipadas. Siento la debilidad profunda no de la información que pueda haber recogido sino de la raya moral desde donde piensa utilizarla. Lo domina el miedo. Ha perdido hace mucho tiempo el sentido de impunidad o la certidumbre de inocencia que son la coraza espiritual del valor. Mi impresión es que en el fondo de su cabeza no quiere pelear con Antúnez, sino negociar con alguien. No tiene clara ni una cosa ni la otra, y por lo tanto no puede, como no ha podido, ni pelear ni negociar.

Le pregunto si Neri también le llevó las fotos del *Catracho* a Dorotea, si trató de extorsionarla también. Descubro mientras lo digo que a estas alturas de mi convalecencia lo único que hay estimulante en mi cabeza es Dorotea.

—No lo sé —dice el *Pato*.

Por primera y única vez en la tarde siento que dice la verdad. Y esa verdad es que en efecto no sabe lo que me interesa.

Cuando *Felo* Fernández y Liliana regresan al estudio con cara de interrogación, pienso que hay una línea delgada pero infranqueable que separa a los próximos de los parientes, de los amigos y de los amantes. Hay también una línea que separa por dentro de nosotros nuestras edades, la edad de cuando éramos jóvenes y de cuando dejamos de serlo y de cada cambio después, hasta que nos perdemos en la línea delgada de la vida.

Liliana me cuida hasta que puedo bañarme solo, caminar por la casa, salir a la calle por mi propio pie. Cuando la cicatriz ha cerrado por completo me lleva de parranda por última vez. Siempre la última vez. Terminamos borrachísimos al amanecer en la legendaria fonda de Tlacoquemécatl. Me da su cuerpo el resto de la mañana y yo soy capaz de tomarlo. Duermo toda la tarde.

Por la noche la encuentro sentada en la sala, a oscuras, mirando a la ventana. La luz amarilla de un arbotante cae sobre la mitad de su cuerpo y de su cara. Me siento junto a ella en la parte de sombra. Dice:

—Tienes que dejarme seguir mi camino, Serrano.

Pregunto camino adónde.

—A la chingada, Serrano. A la chingada.

Le tiembla un ojo cuando lo dice, uno de sus grandes ojos negros. No sé si por primera vez en mi vida, pero seguramente por primera vez que recuerde veo en sus ojos no una invitación sino una fragilidad. Es la mujer que he querido siempre y la mujer que no puedo dejar de querer, pero ahora de pronto es frágil, menos querible en su fragilidad, menos irresistible. Tenemos cuentas que arreglar, como cualquier matrimonio. Tengo experiencia en cuentas de matrimonio. Hay una diferencia aquí: Liliana no pide nada salvo irse, y yo no regateo. Pero tiene una propuesta.

Ha hecho un pacto con Dorotea. Volverá al hospital, terminará de someterse a las pastillas. Vivirá en tratamiento contra sí misma. Luego se irá a vivir a casa de Dorotea, pondrán juntas un hotel *boutique* como el que Liliana administró unos años en Antigua. ¿Me habló alguna vez de su hotel de Antigua? Lo quemó durante una parranda una noche en que decidió cambiar de vida. Ríe incendiariamente. No quemará el nuevo hotel. Vivirá en casa de Dorotea y luego en el hotel, como en Antigua.

Me pregunta si esa vida me interesa o me recuerda mis matrimonios. Digo que me recuerda mis matrimonios. Me dice que no quiere casarse conmigo sino con Dorotea, y con el hotel, como yo me casé con mis otras mujeres: para ponerse en paz. Sabe que el matrimonio con Dorotea se romperá, como todos, como se rompieron los míos, y que volverá a la guerra. Dice que la paz de las pastillas es sólo una manera de ganar fuerza para volver a la guerra. Sugiero la metáfora de los cuarteles de invierno. Pero éste es el pacto que ha hecho con su hermana Dorotea: vivirán juntas mientras dure la paz de las pastillas. Cuando Liliana decida dejar las pastillas y volver a ella misma, saldrá de la casa de Dorotea bajo promesa de no volver sino cuando la guerra haya pasado. Las dos saben que el día de volver a la guerra llegará, que queda en Liliana energía para ir y regresar, y también para ir y no regresar. Dorotea le ha dicho que si lo que quiere es morirse, se muera lejos de ella y de su hijo. Ésta es la única condición de Dorotea. Liliana le ha prometido que así será. Me pregunta si comparto la condición de Dorotea. Declaro que no la comparto. Me pregunta entonces si cuando quiera salir de la paz de Dorotea puede volver a verme, irse a la guerra conmigo.

Veo que las hermanas me han encontrado al fin un acomodo. No puedo decir que me humillan. Declaro que puede venir cuando quiera, de preferencia sin pastillas. Sellamos el pacto volviendo a la cama con una tristeza que no nos deja hablar ni dormir.

El gran acontecimiento del día siguiente es la visita de Dorotea. Viene a recoger a Liliana para regresarla al hospital. Me enerva la imaginación del doctor Barranco recibiendo de nuevo en sus corrales a su interna favorita.

Dorotea dice:

—Te dije que te ibas a arrepentir, Serrano. Te lo dije.

Lo dice con una voz delgada que parece a punto de estallar en una carcajada, como si actuara un papel que ella y yo comprendemos y le ganara la ridiculez esencial de su fingimiento. Tiene los ojos de una bella de cómic, con grandes pestañas separadas y una comisura felina alargada por una precisa punta de delineador. La nariz termina en unas aletas redondas de madona. Sus labios son breves pero de comisuras bien marcadas. En reposo tienen la forma del inicio o del fin de una sonrisa. La hermosa niña que fue persiste en la mujer entendida, irónica y tersa que es.

—Dime que vas a venir a visitarnos, Serrano —dice Dorotea.

—Ya hice mi pacto con él —explica Liliana—. Va a ser mi cementerio de seguridad.

—Que alguien me quisiera así en la vida —dice Dorotea—. Que me hubiera querido.

Me da un beso en la mejilla. Sus labios están húmedos y fríos. Siento la suavidad de su saliva.

Pasan las semanas. El día que deja el hospital y se muda a casa de su hermana, Liliana me llama por teléfono. Quiere que vaya a visitarlas, tiene noticias de Rubén.

Quiere que vaya cuando quiera, como quiera: no me olvida. Dorotea y ella están en paz.

No es la paz lo que me interesa de las hermanas sino la guerra. También el hecho inesperado de que, por atrás de la sombra enorme y dominante de Liliana, crezca ahora la de Dorotea.

Voy a visitarlas un día. La muchacha de la casa está avisada y me deja entrar. Dice que las señoras me esperan en el jardín. Me esperan pero están sentadas de espaldas, bajo la sombrilla, en la mesa de fierro forjado. Miran hacia la parte de atrás del jardín, donde están el bosque y la caballeriza. Visten de blanco; el viento agita levemente el pelo de Liliana, del de Dorotea no se mueve un cabello. Charlan apacible y misteriosamente. Me quedo viendo la escena. Pienso si será verdad esa quietud, esa serenidad, la paz que expiden las hermanas. Pienso si puedo completar su paz diciéndoles lo que le he dicho ya a Liliana, sin efecto alguno. A saber: "Ustedes no mataron al *Catracho.* Lo mandaron matar pero no lo mataron. Desearon su muerte y dispusieron los medios para que muriera, pero sus medios fueron triviales, a diferencia de sus emociones". No sé si esto que tengo que decirles es del todo cierto. No tengo al efecto sino la versión del comandante Neri, manchada ahora en mi credulidad por su lugar como cómplice de Antúnez en esta historia. Es posible, pienso de pronto, que la verdad del caso no importe para la pregunta que me ronda desde el principio. Que lo importante para responder esa pregunta no sea lo que realmente sucedió, sino lo que las hermanas han creído hasta ahora. Ellas creen haber matado al novio de Dorotea, el catracho Clotaldo. Creen haberlo matado con sus órdenes. Liliana lo pidió al *Pato* y cree hasta ahora que el *Pato* cumplió su petición. Dorotea fue a ver el cadáver de su amante y creyó que yacía muerto frente a ella en cumplimiento de su deseo. Fue implacable con él mientras vivía: dijo que la había prostituido y vejado cuando sólo la había despechado. Y fue más dura aún cuando murió: quiso ver el cadáver y le movió la cabeza de un lado a otro con la punta del pie para verificar su condición inerte.

La pregunta que me ronda desde el principio de los tiempos es si las hermanas se salieron con la suya. Si estas dos mujeres legendarias de mi vida pueden haber matado a alguien que querían y no haberlo penado el resto de sus días. Las hermanas Montoya que veo sentadas de espaldas en el jardín de la casa de Dorotea parecen decir que sí, que pudieron hacerlo, que se salieron con la suya. La vida de las hermanas, al menos sus vidas conmigo, están cubiertas por la resonancia de su crimen. A su manera, son una especie aparte. Un más allá mitológico, amoroso, irresistible. Un más acá soliviantado, oscuro, impenetrable.

Pregunto luego de saludarlas si les importa que escriba la historia del *Catracho*.

—Escribe lo que quieras, escritor —dice Liliana.

—Lo que quieras —dice Dorotea—. ¿Pero quién es el *Catracho*? ¿De qué hablas? Ya viniste una vez a marearme con eso. Me dijiste unas cosas muy locas, Serrano. ¿Quieres natas frescas? Hoy trajeron natas del establo.

Me dice que han dado con el último establo que quedaba en este rincón de la ciudad, invadido de casas enormes, con ambiciosos jardines campestres. Dorotea no ha querido que cerraran el establo y su esposo Arno ha gestionado que lo comprara un restorán de comida orgánica. Los antiguos dueños del establo se quedaron como empleados, muy agradecidos con el trato y con la casa de Dorotea. Cada tanto mandan leche bronca, natas del día, mantequillas sin descremar.

Dorotea se extiende sobre este punto. Dice luego:

—Lo que no te mostré cuando viniste la vez pasada fueron mis cactáceas, ¿verdad?

No ha terminado de decirlo cuando ya está caminando hacia la caballeriza. Al lado de la caballeriza tiene su rincón secreto, dice, el rincón de sus cactáceas. Me instruye mientras camina:

—Las cactáceas no tienen el prestigio de los ahuehuetes o de las jacarandas, Serrano, pero son el verdadero saber de la tierra. Necesitan poca agua y ningún cuidado. Son del desierto, no se dejan morir porque no se secan nunca. Llevan la humedad por dentro. En la peor de las sequías, se enconchan: se encogen, se amurallan. Cuando llega el agua, no toman de más, sólo lo que necesitan. Tienen todas las formas y todos los tamaños. Pueden ser con espinas y sin espinas. A las cactáceas que no tienen espinas las llaman suculentas. Pueden ser miniaturas o gigantes. En el desierto hay saguaros de setenta metros y trescientos años. Hay suculentas de trescientos años del tamaño de una bola de cristal. Yo soy una cactácea, Serrano; Liliana es una jacaranda. Se derrama como loca cada año, y luego queda seca. No se ahorra. Son muy hermosas las jacarandas. Eso que ni qué. Pero las cactáceas son la sal de la tierra.

Empieza a mostrarme su colección de cactáceas en el entorno de un estanque minúsculo, casi un charco. Es una exuberante colección de plantas del desierto, una lujuria de la sequedad en pequeñas macetas de biznagas, nopales, agaves, siemprevivas. Me muestra una maceta que tiene cuatro vástagos espinosos y redondos como penes. Es un cactus al que llaman viejito, dice, porque echa un penacho de pelos blancos. Un día lo regó de más y el viejito empezó a pudrirse por exceso de cuidado. Cuando se dio cuenta, se había podrido la mitad de la planta. Entendió entonces lo que era cortar por lo sano. Rebanó los cuatro penes del viejito a la mitad, hasta donde estaban podridos, les echó encima una capa de ceniza y se dispuso a verlo morir. La indiferencia y la falta de agua hicieron que el viejito renaciera de sus cenizas.

—Con este viejito aprendí que así es la vida, Serrano. Así crece la vida. Hay que cortar por lo sano.

Me mira con esa mirada china, un tanto sonámbula, de sus ojos entornados, irónicos, magisteriales.

Regresamos en silencio a la sombrilla donde espera Liliana. Dorotea sigue caminando a la casa para dejarme a solas con Liliana, que no ha dicho una palabra. Es el momento en que podemos hablar, ella contarme de Rubén, yo de mi vida sin ella. Pero no quiero hablar con Liliana en este momento sino ver a Dorotea. Eso hago. La veo seguir por el jardín hacia los ventanales de la casa, donde se refleja el bosque. Descubro que está descalza. Camina derecha, con elegante y narcótica lentitud.

Ah, que yo acabe mirando a Dorotea y no a Liliana, que sea Dorotea la mujer a quien puedo mirar con la inocencia de niño con que pude mirar a su hermana, como al cuerpo enigmático que abre las puertas del mundo.

Por esos días aparece la noticia del encarcelamiento del comandante Neri. Alguien ha tenido la ocurrencia de nombrarlo subjefe de la policía de la ciudad. El nombramiento echa sobre él los reflectores de la prensa y la denuncia de que tiene un hijo prófugo, acusado de secuestro. El escándalo lo obliga a renunciar el mismo día. Poco después Neri es seguido hasta el escondite de su hijo, de donde la policía rescata a un doctor y a su secretaria, secuestrados hace dos meses. Veo su cara familiar en los noticieros diciendo a las cámaras que todo es una fabricación contra él y contra su hijo por viejos pleitos policiacos. Los secuestrados no existen, dice, son una fabricación, y su hijo estaba prófugo, sí, pero para escapar de otra fabricación hecha por sus mismos enemigos. Cuando le preguntan el nombre de sus enemigos tiene los tamaños de decir que el jefe de sus enemigos es el mismísimo director de la policía federal, cuyo pleito con la policía de la ciudad es cosa histórica. "Mi hijo estaba prófugo en defensa propia —dice Neri—. Yo acepté el nombramiento pensando que iba a poder limpiar su nombre. Así me fue y aquí estoy. Ésta es la justicia mexicana. No saben en manos de quién están."

Hay convicción y frescura en sus palabras; quizá sólo cinismo y elocuencia.

Antúnez no aparece en las notas. Llamo a *Felo* Fernández para preguntarle por él. Me dice que está desaparecido. Según su oficina, fuera del país. Le pregunto si prófugo.

—Sería su estado perfecto, líder, porque lo siguiente es preso.

Liliana vuelve a mí dos veces luego de su pacto con Dorotea. En una de esas veces, termino bajo arresto en el hospital. En la otra, Liliana pierde el dedo meñique de la mano izquierda. Omito las peripecias porque no quiero abusar de ellas en un relato que ya tiene suficientes, y porque apenas recuerdo los contornos precisos de aquellas correrías en la gran bruma feliz donde está sepultada la cierta, irrecordable, deslumbrante colección de mis últimos días con Liliana Montoya.

No hay un minuto de tiempo muerto en esa bruma; todo es tiempo ganado aunque nada pueda recordar de él. Todo brilla dentro de mí con la certidumbre de un imperio perdido, de una civilización desaparecida. Me bastan sus vestigios, el nombre de un bar, la oscuridad de un pasillo, el sudor corriendo por la espalda desnuda de Liliana. Nada puedo predicar con parecida certidumbre de gloria en el resto documentable, más bien pobre, rutinario, de mi vida.